龍雲
作品

龍雲
作品

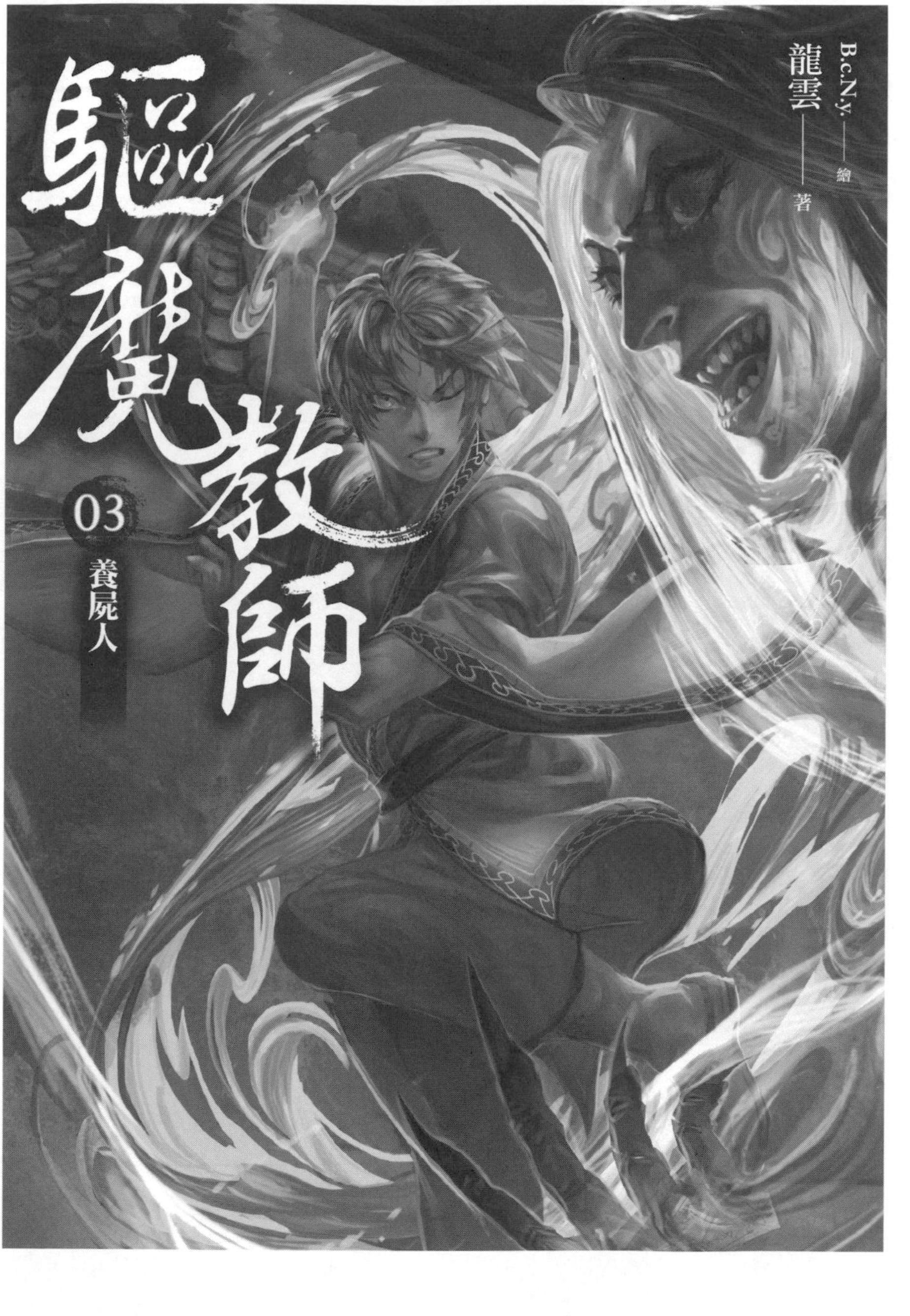
驅魔教師
03
養屍人
B.c.N.y.——繪
龍雲——著

驅魔教師

03 養屍人

第1章・異味

1

早上七點，台北的街頭。

雖然還不到上班的時刻，但是街上已經湧現上學人潮，路上的車子也開始逐漸多了起來。

位於市區的J女中，剛好毗鄰著一條大馬路，馬路兩側的公車站牌也成為許多就讀該校學生的下車地點。

一輛接著一輛的公車，在站牌邊停下，也陸陸續續有一些女學生下車。

這幾乎可以說是上班上課日中，每天都會看到的場景。

但是今天有一點點的不同，一個男孩，從六點多就一直站在站牌旁邊等候。

對面的高中是台北著名的女子高中，想當然耳，這個男孩絕對不會是這間學校的學生，而他身上也穿著著另外一所高中的制服。

然而男孩一早就站在站牌下面，就好像其他等公車的民眾一樣，只是半個小時過去，幾乎所有會停靠在這裡的公車都已經停了又走，男孩卻沒有搭上任何一輛公車。

說他不是在等公車，但每當有公車靠過來時，男孩總會緊張地朝公車張望，好像是在確認是不是自己所等候的公車一樣。

其實說穿了，男孩等待的是617路公車，當然這站牌是這條公車路線必經的其中一站，只是男孩等待的卻不是車子，而是搭乘公車的一個女孩。

只要確定了這一點，男孩的目的跟原因似乎也跟著明顯了起來。

他準備在這個特別的日子裡，將自己準備好的信以及一份禮物，親手交到女孩的手中。

今天，是那個女孩的生日，男孩與女孩是在補習班認識的，兩人因為座位相鄰，在這段一起補習的期間，也有了一些交集。

男孩所等待的那個女孩，有張非常可愛的臉孔，雖然話很少，也很內向，但這完全無損男孩對她的感覺。

男孩深深被她吸引，在遇到她之前，男孩從來都不知道自己會那麼期待上補習班的時刻到來，當然，男孩最期待的就是坐在她身邊，然後用眼角餘光去捕捉她上課的模樣。

一開始，女孩顯得有點冷淡，但經過幾次休息時間的閒聊，也讓女孩慢慢地跟他越來越熟識，兩人甚至會在上課時互傳紙條，感情也因為這樣而逐漸加溫。

終於，在經過了一段時間的考慮之後，男孩決定在這天向女孩表白自己的心意。

男孩知道女孩有個非常喜歡的歌手正要舉辦演唱會，因此男孩特別買了票，要將它當成生日禮物送給女孩。

遠處一輛617路公車再度映入男孩的眼中，男孩雙眼死命地盯著那輛公車，心臟跟著撲通撲通地跳了起來。

公車在站牌前緩緩停下，一名中年婦女走了下來，然後……就沒了。

沒有其他人跟著中年婦女下車，讓男孩原本緊繃的心情瞬間放鬆下來，但臉上卻浮現出失望的表情。

看了看手錶，已經超過自己所預計的時間了。

看樣子今天肯定要遲到了，不過他已經管不了那麼多，無論如何今天他都要把自己包包裡面的那封信與票，交到她的手上。

面對著再一次落空的 617 路公車，男孩退了兩步，繼續回到了等待的位置。

等待的過程是如此漫長與痛苦，男孩迫不及待地想要得到答案，更想要看到女孩見到他時驚喜的表情，他焦急地在站牌間徘徊，希望可以快點等到另外一輛 617 路公車。

約莫過了七分鐘，終於，又一連過去了幾輛不是目標的公車之後，一輛 617 路公車緩緩地開了過來。

男孩屏住呼吸，緊盯著那輛緩緩停靠在站牌旁邊的公車。

幾個身穿 J 女中制服的女學生，從公車上走了下來。

男孩看著那些女學生的臉孔，突然雙眼瞪得老大。

那女孩，下車了。

雖然這是男孩早該預料到的情況，但一看到女孩，還是讓男孩的心更加猛烈地跳動起來。

就連他自己也搞不清楚為什麼會這樣，明明前幾天兩人還一起在補習班裡面有說有笑的，怎麼下了這個決定之後，竟然會讓一切變得如此刺激。

看著女孩那張可愛的臉，男孩覺得自己彷彿瞬間進入了真空的世界之中，一切噪音與路人都不存在，整個世界就只有女孩與自己兩個人而已。

沙、沙、沙——

男孩甚至可以清楚地聽到女孩每一個輕盈的腳步所發出的細微聲響，完全沉浸在兩人的世界之中。

然而，女孩並沒有如男孩所預料的一樣，朝著自己這邊而來。

女孩完全沒有發現男孩，直接轉過身，朝著反方向準備過馬路進學校。

男孩看到這景象，才頓時清醒過來。

要是女孩真的進了校門，那麼今天自己苦苦等候了快一個小時的辛勞可就全都白費了。

男孩趕忙跟上去，想趁她還沒有過馬路之前，將信交到她的手上。

男孩手握著信，三步併作兩步朝女孩趕過去，心中也反覆琢磨等等要跟女孩說的話。

就在這個時候，路上突然發出一陣刺耳的巨響。

幾乎所有在這條街上的人，都被這陣巨響嚇到，紛紛轉過頭看向那聲巨響的方向，男孩當然也不例外。

聲音是從男孩的左側馬路上傳來，男孩一轉頭，只見一團大黑影猛然朝著自己迎面撲過來，男孩根本來不及反應，直接就被黑影給撞上。

撞上之後又是一陣巨響，然後一切才回復平靜。

「啊——」

巨響過後的平靜維持不到一秒，尖叫聲此起彼落，所有人都被眼前所發生的景象嚇到驚慌失措。

一場不幸的意外就這樣突然降臨。

剛剛那團撞上男孩的大黑影是輛小客車，失控的小客車突然暴衝，先是衝上人行道，隨後撞上男孩，然後帶著男孩再撞入一旁還沒開門的店家鐵門中。

男孩就這樣成了鐵門與車子的夾心餅乾，只有頭跟一隻手分別露在引擎蓋上與車頭旁邊。

男孩並沒有完全失去意識，一對雙眼還有點愣愣地，不知道眼前到底發生了什麼事。他看到了這輛緊緊貼著自己的車子，過度的驚恐反而讓這一切變得有點荒唐，因此腦海中竟然一時之間沒有半點反應，一片空白。

男孩先將目光看向了女孩，女孩理所當然也面對著他這邊，畢竟街上幾乎所有人的臉與目光，都轉向這邊了。

只是，女孩用手摀住了臉，完全不敢正視眼前的情況。

男孩模糊的視線中，看到自己露出來的那隻感覺已經不屬於自己的手，此刻還是緊緊地握著那封要交給女孩的信。

男孩看著那封信才產生了與現實之間的一點連結，男孩疑惑著，不知道女孩看完信，會有什麼反應。

有了這點與現實的連結之後，男孩終於開始清楚這即將發生在自己身上的一切了。

當然他也認知到，不管女孩有什麼樣的反應，自己恐怕都沒有機會知道了……

男孩哭喪著臉，轉動眼珠子，將視線投在駕駛座的方向。

這場激烈的撞擊，讓駕駛員整個頭都貼在方向盤上面，沒有了知覺。

可是男孩卻瞪大了雙眼，因為就在男孩視線逐漸消失的時候，他看到了在那駕駛的身後，有張黑色的臉孔，正朝自己這邊看過來。

黑色臉孔就在駕駛座的椅背上，看起來就好像有兩個人重疊坐在駕駛座上。

男孩看不到黑色臉孔實際上的模樣，只能看到一團黑影，但是他卻可以感覺得到，那張黑色臉孔的確是看著自己的。

就彷彿，這一切都是他一手造成的一樣……

這正是男孩在人世間最後所看到的畫面。

2

第一次段考剛結束，J女高的普二甲教室裡面洋溢著一股輕鬆的氣氛。

當然這樣的情況不會持續太久，大約一個禮拜就會消失了。

尤其在成績公布之後，雖然幾家歡樂幾家愁，但是不管是好是壞，大家總會把握這點機會，稍微放鬆一下。

因此教室裡面的氣氛也讓人覺得輕鬆。

說到段考，就不能不提那個本來在高一都是萬年第一名的曉潔，或許是最近真的太過忙碌奔波於一些詭異的事件之中，讓她成績有點下滑，讓出了全校第一名的寶座。

不過新的第一名還是在普二甲中，就是曾經在開學日為了自己女兒沒有能夠就讀好班，因而來到教室外面喧鬧的那位家長的寶貝女兒，陳純菲。

分到不是好班的這個班級，或許給了她一定程度的刺激，讓她因此特別努力用功也說不定。

如果是從這個角度來看的話，似乎也不算是件壞事。

但名次這種東西，本來就不是學生真正關心的，今天大家熱烈討論的是那起發生在校門口的死亡車禍。

在上課時間，一場恐怖車禍就發生在J女中的校門口，幾乎震驚了全校的師生。

幾個比較早入校的學生，也在晚到學生的起鬨下，一度在校門口聚集，即便教官趕了好幾次都沒辦法清空在校門口看熱鬧的學生。

對很多學生來說，這輩子從來沒親眼見過那麼嚴重的交通事故，為避免心理一時之間大受影響，校方也特別緊急召開會議，要各班導師注意學生的身心狀況，如有需要輔導與協助的學生，要立刻通報並且加以協助。

不過大部分的學生，還是以八卦的心情來談論早上發生的這場車禍。

相對於學生比較輕鬆的態度，校方這邊可就沒那麼輕鬆了。

學務處裡面，一位警官就坐在接待室的椅子上。

在那位警官的對面，除了坐著看起來非常嚴肅的學務主任與一位女教官之外，還有個頭髮凌亂的男子也坐在那邊。

比起三人英姿挺拔，一臉認真的模樣，那男子戴著一副厚重眼鏡，看起來就有點頹廢，形成了強烈的對比。

不過男子有著不得不在這邊的原因，因為他比另外兩個校方人員，都還要有更直接的關係讓警方找上門。

這位警官正是負責偵辦早上那起發生在校門前車禍的人，而這個頹廢的男子正是普二甲的導師，洪旻吉。

「事情是這樣的，」警官對三人說：「依照我們的調查，那個被害的男子叫做趙晏斌，是S綜合高中的學生。今天之所以會來這裡……」

警官說到這裡側著頭露出了一點苦笑說：「是為了貴校的一位女學生，也就是在洪老師班上，叫做陳純菲的女學生。」

警官說到這裡，學務主任以及女教官臉色都有點鐵青地轉向洪老師，洪老師則是一貫地低著頭沒有表示任何意見。

「陳純菲以及那位遇害的趙晏斌，」警官看著手上做筆記的小本子說道：「是在補習班裡面認識的，依照我們警方這邊得到的一些證據顯示，今天是陳純菲的生日，所以趙晏斌打算將一封情……咳，抱歉，是一封信跟禮物送給她，才會特別在校門前等她，想不到竟然會發生這樣的事。」

當然送信告白之類的事情，不管對任何一所學校來說，都不是什麼大事，只是沒想到竟然會發生這樣的悲劇，眾人不免都面露一抹哀傷。

「有調查到那個駕駛怎麼會這樣開車嗎？」學務主任皺著眉頭問。

「駕駛傷得很重，」警官回答：「現在還在醫院急救，不過初步研判，駕駛的血液裡面沒有酒精濃度，所以沒有酒駕的疑慮。我們目前朝向看看是不是精神不濟，或是機械故障這方面進行調查。」

學務主任點點頭，沒有多說什麼。畢竟死者不是學校的學生，加上車禍又不屬於自己的職權範圍，因此也不方便表達什麼意見。

「不過……唉，」女教官搖搖頭說：「陳純菲同學那時候就在車禍現場，又距離事故車輛那麼近，原本心理受到的打擊就已經很大了，想不到死者竟然還是跟自己認識的補習班同學……」

女教官說完之後，將視線轉向陳純菲的導師洪老師身上，洪老師雖然低著頭，臉上還是看得出些許的沉重。

「陳純菲現在還在學校上課嗎？」警官問。

「沒有，」學務主任回答：「我們已經聯絡她的家長，請他們接她回家休息了。」

「喔。」警官臉上的神情有點失望，不過他也注意到了，提到陳純菲的家長，教官與學務主任兩人的臉色都有些微的變化，只有洪老師一個人，依舊面不改色地點著頭。

「接下來的輔導也需要你們多費心了。」警官點著頭說。

「放心，」學務主任用力地點著頭說：「洪老師對學生很用心，如果要我說這起案件不幸中的大幸，就是陳純菲同學是在洪老師的班級，他一定會妥善處理好這件事情的。」

面對學務主任的讚賞，洪老師仍然低著頭，就好像學務主任所說的是別人一樣。

不過對學校的所有老師來說，洪老師的確就是這樣的人，因此也不以為意，然而對警官來說，這畫面倒是有點突兀。

只見這個身為導師的洪老師來了之後，只是不停地點頭，也沒發表過任何意見。

就在警官這麼想的時候，洪老師突然站了起來。

「陳純菲的事情，」洪老師低著頭有點怯懦地說：「我會特別注意的，我下一堂還有課，所以……」

「嗯，應該沒什麼事情了吧？」學務主任轉向警官。

「嗯，」警官點點頭說：「大致上就是這樣。只是向校方這邊報告一下，我們警方這邊調查到的東西，沒事了。」

洪老師向三人點頭示意之後，轉身就離開了學務處。

走到了穿堂，身後突然有人叫住了洪老師。

「請等一下！洪老師。」

洪老師停下腳步，轉過身，只見警官從後面追了上來。

「不好意思，」警官趕上來對洪老師說：「洪老師，再耽誤你幾分鐘，可以嗎？」

洪老師看了一下手錶，然後點了點頭。

「我看你人挺老實的，」警官笑著說：「有些事情可能不太方便對你們學務主任或教官說，但是對你，我覺得我可以相信你。」

洪老師對於警官的這一番話沒有任何反應，仍舊低著頭，眼神也完全跟警官沒有任何接觸與交流。

「我想問一下，」警官似乎也越來越習慣跟洪老師對話了，看洪老師沒有反應還是能繼續說下去：「洪老師對於玄一點的東西，也就是比較偏向民俗方面的東西，有沒有研究？」

「啊？」洪老師側著頭一臉不解。

「簡單來說，」警官無奈地笑著說：「就是老師你相不相信一些比較玄奇的事情？對於一些比較沒辦法用科學來解釋的東西，會不會全盤否定之類的？」

「對不起，」洪老師搖著頭怯懦地說：「我不相信那些怪力亂神的東西，那些不科學的，像民俗那種道士拿符收鬼什麼的，只有電影才會有，現實生活的都是神棍，太不科學了。」

如果這時候曉潔站在旁邊喝飲料，聽到洪老師的回答，肯定會把嘴巴裡面的飲料全部噴在警官的身上吧？

「哈哈哈，」警官爽朗地對著這個扮豬吃老虎的洪老師說：「那就沒事了，當然，我只是有點在意而已，畢竟一連三起事件，真的會讓人想到都會有點毛毛的。」

「三起事件？」

「是，」警官沉吟了一會之後說：「事實上，雖然我們兩個是第一次見面，但那位陳純菲同學，已經是第三次跟我承辦的案件有關了。」

洪老師聽了之後，臉上露出了少有的表情，他皺起了眉頭，然後猶豫了一會之後才開口問道：「什麼樣的案件？」

「連同今天這起案件，」警官嚴肅地說：「一共是兩起交通意外跟另外一宗竊盜案。」

「陳純菲是個很乖的女孩，」洪老師一臉誠懇地說：「應該不會跟什麼犯罪有關係才對。」

「當然，」警官笑著說：「該怎麼說，這些案件只能說，跟陳純菲有點關聯而已，另外一起交通意外，發生在上個月，陳純菲在回家的路上，被一個色狼騷擾，結果被其他民眾撞見，喝止了那名色狼，誰知道那名色狼因為心虛的關係，在逃跑的途中不幸被車子撞上。另外一起竊盜案則是有小偷潛入了陳純菲跟她母親的住處。」

「這兩件事我都不知道……」洪老師皺著眉頭回答：「不過我想是巧合吧？這點用毛毛的來形容……」

「當然，」警官抓著頭笑著說：「不過比較巧的地方是，這三起案件，趙同學、色狼，還有那個小偷，最後都意外身亡了。就是這點……讓我感覺有點……不太舒服。」

洪老師沒有回答，只是一貫地低著頭。

「當然啦，」警官笑著說：「這只是我們私底下說的，或許就像你說的一樣，一切都只是巧合，只是這些巧合一旦扯上了人命，難免會讓我們這些當刑警的有點敏感，該怎麼說呢？可能是我們的職業病吧，哈哈哈哈。」

警官笑得開朗，但洪老師卻只是點了點頭。

「哈哈，」警官看到洪老師這副靦腆的模樣，只能笑著搖搖頭說：「你們女校的男老師都像你一樣那麼內向嗎？」

這句話讓洪老師更不知道該如何接話，原本低著的頭只能低得更低了。

「哈哈哈哈，」警官識相地自圓其說：「也對啦，太外向的老師很容易吸引年輕小女生的注意，一個不小心就會有什麼師生戀之類的，的確是挺麻煩的。」

雖然語中帶著一點諷刺的意味，但警官還是拍了拍洪老師的背，語重心長地感嘆道：

「洪老師，你是個好人，應該也是一個好老師。好啦！我先走了，希望我們不會再見面。」

警官說完，朝著通往校門的另外一個方向走去，走幾步之後，回過頭對洪老師說：「當然，我的意思是至少不會再因為陳純菲而見面。」

「當然，當然。」洪老師用力地點著頭說。

警官轉過身，背對著洪老師揮了揮手，然後邁開腳步朝著校門而去。

而就在警官離開的時候，洪老師的眼鏡底下，閃爍出那不應該屬於洪老師的銳利目光。

3

雖然那位拜訪洪老師的警官，特別交代過學校，關於那場車禍因為事件還在調查中，所以必須特別保密，但中午過後消息還是在學生之間流傳開了。

「喂喂！妳們有沒有聽說啊？早上的那起車禍，聽說死掉的那個男的，是為了把情書交給普二甲的陳純菲耶！」

「陳純菲？誰啊？」

「就是這次段考全校第一名的那個啊！」

「喔喔！就是小小一隻，長得很可愛的那個嗎？」

「對對對，就是她！」

當然，這樣的傳聞也傳到了陳純菲所就讀的班級普二甲。

「妳們聽說了嗎？」班上幾個比較八卦的同學告訴其他人：「早上車禍的那個男的，好像是為了把情書交給陳純菲才來這裡的耶！」

「他們好像是在補習班認識的。」

很快的，八卦也傳到了曉潔的耳中。

或許多少受到了開學那件事情的影響，自己的媽媽曾經因為分班的事情，當著全班的面前大吵大鬧，因此陳純菲在班上人緣並不是很好。

不過曉潔非常清楚，實際上跟陳純菲聊過之後，就會發現她跟她媽媽其實完全不一樣。

陳純菲給曉潔的印象，是個長得非常可愛的女孩，話很少，適應環境的能力很強，雖然內向但是很好相處，也難怪會有人想要寫情書給她。

對於陳純菲會這樣捲入事件之中，曉潔替她覺得委屈，也希望她可以早日撫平情緒回到學校。

希望這件事情對陳純菲的打擊不會太大。

看著陳純菲空下來的位置，曉潔雖然這麼想著，但是腦海裡面卻又浮現出那個最近常常出現的畫面。

那是她送已經被鬼傷到魂魄而發狂的芯怡到么洞八廟時的場景，不過真正讓曉潔非常在意的，還是當時南派三哥阿畢所說的玩笑話。

那時候的阿畢對阿吉這麼說：「你有一個學生中煞，然後另外一個學生是惹鐵……是你下的咒吧？這機率也太小了！啊！我知道了！你一定是希望來個英雄救美！所以才下咒害這些女學生！哎呀呀，阿吉啊，我真是看錯你了啊。」

這段話總是會在像這樣的時間點，浮現在曉潔的腦海之中。

只要班上有人遇到倒楣的事情，哪怕只是在樓梯滑倒，甚至是掉錢等等小意外，這段話就好像在提醒曉潔什麼似的，浮現在腦海之中。

當然，將這些倒楣的小事全部都算在阿吉身上，對阿吉非但不公平，而且也非常不理性。

這點曉潔當然非常清楚，在沒有任何證據之前，她甚至連想都不願意朝那個方向想。

可是，腦袋卻還是不時提醒著她，該好好的懷疑一下。

不過最讓曉潔在意的還是那時候，洪老師一眼就說出自己遇到了鬼魂的事情，還有光憑異味與聽到聲音，就發現事情有點不對勁，這些都有點太過於玄奇了。

會讓人產生聯想與懷疑，也算是合情合理。

曉潔這麼安慰著自己。

但是，當曉潔將眼光移到了教室前方，幾個聚集在一起有說有笑的女生身上時，不禁又感到有些無力。

那群女生，是最近才走在一起的，這些人只有一個共同的嗜好——談論阿吉。

當然，她們口中討論的不是洪老師，而是那個號稱是洪老師弟弟的阿吉。

那群女生不是別人，都是過去被捲入事件的受害者。

奶奶往生的徐馨、因為減肥而惹餞的芯怡，還有為了見網友而誤觸三煞合一的美嘉。

三人不知道為什麼，在事件之後，都成了阿吉的粉絲，聚集在一起分享著與阿吉共處的點點滴滴。

即便現在根本聽不到她們三個聚在一起笑得那麼燦爛的話題，不過不用聽曉潔也大概猜得到應該多少又跟阿吉有關。

原本應該是當事人的三人，完全不懷疑阿吉，反而崇拜起阿吉來，就會讓曉潔有種自己是不是真的多管閒事的感覺。

而且不知道為什麼，看著芯怡等人整天找藉口要跑去么洞八廟，就只為了見阿吉，真讓曉潔有點無言。

當然，在無言的背後，有那麼一點或許可以稱為醋意的感覺。

不多，就一點。

不過不管自己是不是孤軍作戰，曉潔還是決定先調查清楚，到底這些接連發生在班上的事情，是不是真的跟阿吉有關。

如果是的話……

雖然說，曉潔還不知道如果真的是阿吉在背後搞鬼，自己會怎麼做，但是如果不弄清楚，自己說什麼也沒辦法安心。

不管最後的結果是什麼，要嘛就是揭穿阿吉的陰謀，要嘛就是徹底還阿吉一個清白，曉潔實在受不了這種懸而未決的感覺，怎麼樣都希望可以得到一個確定的答案。

只是曉潔完全不知道，這樣一個小小的目標，到最後竟然會演變成一發不可收拾的局面。

4

雖然這次段考，曉潔終於讓出了萬年第一名的寶座，但光是成績出色，在校又積極參加各種活動等等的因素，早讓曉潔在學校成為了風雲人物。

除了同年級的同學之外，就連學姊、學妹也很吃得開，這讓她調查起事情來，可以用到的人脈也比較廣，事情也可以挖得比較深。

比起上一次出於興趣的調查，這一次曉潔有目標地對洪老師展開了徹底的調查。當然得到的資料也比上一次來得豐富，也還要來得深入許多。

不過這些資料，卻有很多出乎曉潔意料之外的地方。

首先，最讓曉潔驚訝的是，在洪老師上一次所帶的二年級班級，也就是現在普三甲的學姊們，一整年下來並沒有發生過任何值得著墨的事件。

不要說像是發生在那些自己與同學之間的事情了，就連阿吉這號人物或者么洞八廟的事情，也都沒有人知道。

這讓曉潔其中之一的假設有點動搖了，畢竟曉潔認為有一就有二，無三不成禮，如果洪老師真的對學生下咒，肯定不會只有一次，類似的事件應該是屢見不鮮才對。

可是除了自己這個班級外，上一屆的學姊、甚至上上屆的學姊，都沒有聽過任何關於阿吉與么洞八廟的事情，更沒聽說自己的班上有發生過什麼靈異事件。

雖然說在調查相關類比的案件揮了個大空棒，不過在掀洪老師的底方面，卻有不錯的收穫。

首先，讓曉潔非常意外的是，洪老師似乎是四年前才來到J女中擔任老師的工作，而且從第二年開始，就成為只專門帶二年級的導師。

換句話說，曉潔這個班級，其實也只不過是洪老師帶過的第三個班級，雖然前面兩個班沒有發生過類似的案件，不過再怎麼說，也有可能是因為那時候對於校務還不熟悉，所以才沒有動手。這點是怎麼樣都不能排除洪老師的嫌疑。

另外，雖然曉潔沒有實際上擔任過老師，對於教務的安排並不是很清楚，但是洪老師能夠在短短一年的時間裡面，就受到學校的重用，成為全校所有老師之中，唯一一個只擔任二年級導師的老師，怎麼看都覺得事有蹊蹺。

而且在上一次的調查中，曉潔就知道洪老師有在分班之前，優先選擇學生的權利，在洪老師選好學生後，其他學生才會進行所謂的能力分班。

在上一次調查的時候，由於不久之前，陳純菲的母親才到學校鬧過，因此曉潔才會下意識的認為，這是學校為了掩飾自己能力分班的事實，而創造出來類似實驗班性質的班級，讓普二甲變成了彷彿常態分班的模範班級，供大家檢驗。

但即便學校的目的真是如此，也不代表有優先選擇學生權利的洪老師，就會乖乖隨機挑選自己的學生。

先撇開學校的目的不說，擁有優先選擇權的洪老師，到底是基於什麼樣的標準來選擇學生的？

一開始也觀察過班上同學以及過去的學姊們，曉潔想破了腦袋，也找不到這些被洪老師挑上的學生們的共通點。

後來在一次朝會的時候，放眼望去，曉潔才瞬間有了一個領悟。

這個老色鬼……

不管怎麼看，班上的同學每個都有一定程度以上的外貌。仔細回想起來，那些被洪老師帶過的學姊們，也是個個都有著十分出色的外表。

當然，加上自己對洪老師內心那個叫阿吉的傢伙的了解，這幾乎已經非常肯定是正確答案了。

洪老師根本就是利用職務之便，把班級當成自己的後花園，挑選所有長得好看的學生，將她們通通納入自己的班級之中。

接著他開始對這些女生下咒，然後以英雄之姿，一一拯救這些被靈異事件所苦的女孩們，不是叫她們換上兔女郎裝，就是擄獲她們的心，讓她們把自己當偶像。

這實在是太過分了！

可是即便一切都合情合理，而且推論下來也跟阿吉會做的事情一樣，但是曉潔當然也知道，自己缺少了一樣非常重要的東西——直接的證據。

沒有了這個東西，一切都只能說是曉潔自己的猜測跟想像而已。

可惜的是，不管曉潔如何挖掘，都沒辦法挖到任何其他的線索，畢竟除了自己的班級之外，其他過去曾經被洪老師教過的班級，都沒有發生過什麼異常的事情。

難道說，一切真的都只是自己的誤會嗎？

洪老師真的只是倒楣成為了我們的導師？

而班上同學接二連三發生這些怪異的事情，也都只是巧合而已？

如果從這個角度來看，曉潔當然難以接受。

不過在苦無證據的此刻，這似乎也是曉潔不得不接受的事實。

除非……當然只是除非，班上又發生了什麼事情，那麼這一次，曉潔就會想盡辦法，看看有沒有機會能夠找到案件之間的關聯性。

這是曉潔唯一能做的，不過一旦有什麼事情，也意味著班上可能又要有同學遭殃了，這樣的期待……似乎也不是很好。

因此，這段時間曉潔陷入了天人交戰，彷彿期待又不期待的心情，快要把她逼瘋了。

當然在這一次發生的車禍之前，曉潔就已經對洪老師展開了調查。因為這些資料早在芯怡那件事情之後，曉潔就開始陸陸續續在做了。

只是在芯怡的事件後，就沒發生任何像這次陳純菲這麼嚴重的事件，因此這些資料也只能靜靜地躺在曉潔的腦海之中。

雖然說陳純菲所遭遇的不幸事件，事實上也跟陳純菲沒有太多直接的關係，硬要扯到洪老師身上，就連曉潔都覺得有點太過牽強，不過如果真要說牽強，自己跟同學去唱歌、徐馨家裡面鬧鬼、芯怡為愛厭食以及美嘉見網友中煞，又有哪一個不牽強？

因此，曉潔還是決定稍微留意一下陳純菲，至少，也該留意一下陳純菲與洪老師之間的互動才是。

在車禍之後，陳純菲請了兩天假，加上周末連假，一共相隔了四天之後，陳純菲才再次出現在班上。

雖然只隔了四天不見，但是可以明顯地看得出來陳純菲受到了不小的打擊。兩個眼袋下方浮現出厚重的黑眼圈，在那張小巧可愛的臉龐上，看了讓人好生憐惜，不過會發生這樣的事情，也是人生中一堂血淋淋的課程，大家都非常清楚，因此也不方便多說什麼。

不過除了面容稍嫌憔悴，外掛兩個宛如熊貓般的黑眼圈之外，陳純菲的言行舉止並沒有太大的不同。

在陳純菲重新回到學校上課的這一天，接近中午的第四堂課，剛好就是導師洪老師的國文課。

上課的時候，洪老師當然沒有顯露出特別關心陳純菲的模樣，甚至一如往常地死命盯著課文，照本宣科地上著課。

不過曉潔非常清楚，不管是洪老師還是阿吉都擁有極佳的斜視能力，可以靠著眼角的餘光來捕捉每個同學的動作，至於照本宣科地唸著課文，完全是靠他那變態般的記憶力強背下來，然後在學生面前複誦，事實上他的眼光根本就沒有聚焦在課本上面。

因此，光憑著觀察洪老師的目光，根本不可能有半點收穫。

所以到頭來，陳純菲的事情，真的只是意外一場嗎？

到了課堂的最後，曉潔的心中有了這樣的想法。

「那麼今天就上到這裡。」講台前面的洪老師闔上了課本這麼說，與此同時，代表下課的鐘聲也瞬間響了起來。

這也可以算是洪老師的特技之一，他總是能夠精準地算到下課的鐘聲，並且搶先在鐘聲之前宣布下課。

只是過去，洪老師說完之後，幾乎都是直接轉身走出教室，但是今天，他卻突然低著頭說：「陳純菲，等等到辦公室來一下。」

洪老師說完之後，頭也不回地走出了教室，引起學生間一點騷動，畢竟過去洪老師就算要找人，也都是先找曉潔這位班長，然後再透過曉潔去傳話給其他人。

當然在那件車禍發生之後，身為導師的洪老師要找陳純菲談一下，似乎也算是職責的分內事，學生們的騷動只是一種不知道洪老師到底會怎麼做所產生的反應。

不過對曉潔來說，如果洪老師真的是幕後的黑手的話，那麼現在很可能就是他會動手的時候。

因此無論如何，曉潔都想暗中觀察洪老師，會不會真的在跟陳純菲會談的時候，動什麼手腳。

5

曉潔趕在陳純菲之前，衝到了辦公室外面，並且朝裡面看。

洪老師的位置，是在辦公室靠近最深處的地方，因此光是在門口外面看，很可能什麼都看不到。

為此，曉潔想好了幾套可以變動的說詞，以因應隨時都可能會問東問西的其他老師，盡可能讓自己可以在辦公室裡面行動自如，這樣就可以變換各種不同的角度來觀察洪老師的行為。

一切都準備就緒之後，身為主角之一的陳純菲，從轉角處轉了過來，曉潔非常清楚，現在就是時候了！

曉潔猛然轉過身，快步走到辦公室門前再一個轉身，想要比陳純菲早一步走進辦公室，腳步一急之下，才剛到門口，整個人就差點滑倒。

只見一個老師剛好也從裡面走出來，曉潔還差點跟他撞個正著。

曉潔慌張地退了兩步，很勉強地保持了平衡，只見那老師冷冷地對著她說：「搞什麼？走廊上不要這樣奔跑，要是撞到老師怎麼辦？」

說話的不是別人，正是另外一個被觀察的主角，洪老師。

「妳是怎麼啦？有什麼事情嗎？」洪老師問道。

剛剛曉潔在心中預想了數十種狀況，偏偏獨漏了眼前的這一種，因此剎那間，曉潔竟然腦袋裡面一片空白，瞪大雙眼看著洪老師，卻沒有辦法回答。

「洪老師。」身後傳來另外一個主角陳純菲的聲音。

「啊，陳純菲，請妳等等，」洪老師對陳純菲說道：「葉曉潔好像有事情要說。」

結果，最不應該被這兩個人發現的曉潔，此刻竟然四隻眼睛全部瞪著她。

這真是史上最失敗的一次監視行動。

曉潔感到無比的挫敗。

「沒、沒什麼，」曉潔慌張地答道：「我、我有事情要找其他老師。」

「喔。」洪老師點了點頭，然後側開了身子，似乎要讓曉潔過去。

曉潔愣了一會之後，趕忙逃進辦公室裡面，曉潔在心中不停痛罵著自己的無能，兩人還看了曉潔一會，才轉身離開辦公室，脫離了曉潔的視線範圍。

曉潔故作忙碌狀地在辦公室裡面逛了一圈，一方面擔心一出門口，又遇到兩人，到時候又被問東問西，一方面也是平復自己慘遭挫敗之後激動的情緒。

繞了一圈之後，曉潔才走出辦公室。

光是這一折騰，曉潔也很難相信自己可以蒐集到什麼證據了。

雖然心中這麼想，剛踏出辦公室，仍然掃視過去希望可以看到洪老師與陳純菲的身影。

果然才剛踏出辦公室，兩人就站在辦公室旁邊的走廊說話。

此刻剛好進入中午用餐時間沒多久，大部分的學生都已經拿到自己的午餐，並且開始進食，所以走廊上的師生並不多，整條走廊上就只有陳純菲跟洪老師兩個人而已。

如果這樣貿然靠過去，勢必顯得非常突兀，因此曉潔沒有辦法，只能趁著兩人不注意，躲到另外一邊的樓梯口，彎過轉角從那邊偷看兩人的行動。

兩人似乎說得正起勁，因此完全沒有注意到曉潔這邊，遺憾的是，曉潔與他們之間的距離也真的太遠了，所以完全聽不到他們到底在說些什麼。

不過陳純菲一直低著頭，就好像被責備了一樣，可是另一方面的洪老師，也是他那在學校一貫的裝死模樣，同樣低著頭講話，從一定的距離外看起來兩人根本不像是在講話，反而像是在一起禱告的樣子，讓曉潔覺得哭笑不得。

由於完全聽不到兩人的對話，曉潔也只能盡可能地從肢體動作上面，去了解兩人之間的對話內容，偏偏兩人的動作又是如此的無趣，總是低著頭，完全沒有辦法得到半點可以用來推想的東西。

就這樣，兩人講了幾分鐘之後，陳純菲向洪老師行了個禮，轉身朝著另外一邊走去，應該是要回教室了。

看樣子又落空了。

正這麼想著的曉潔，突然看到望著陳純菲背影的洪老師，雖然一樣低著頭，但是鏡框底下的那對眼睛，卻瞬間流露出十分銳利的眼神。

對於這樣的眼神，曉潔當然一點都不陌生，因為她非常清楚，這種眼神不應該是假扮成害羞內向、裝蒜到死的洪老師該有的眼神，而是那個玩世不恭、一頭金髮的阿吉才會出現的眼神。

果然，阿吉跟這起事件有關係！

就在曉潔這麼想的時候，洪老師又突然有了一個非常奇怪的動作，只見他才剛轉身看似準備要回辦公室，便笨手笨腳地將課本好像失手般掉在地上，然後彎下腰去撿的同時，透過胯下看著逐漸走遠的陳純菲。

看到洪老師那透過胯下看陳純菲的眼神，曉潔又再一次確認了，那眼神的確不是洪老師該有的眼神，而是阿吉的眼神。

雖然不太清楚洪老師這樣透過胯下看陳純菲有什麼意義，不過至少曉潔可以肯定的是，這之中一定有鬼！

這一次的目標，一定是陳純菲！

第2章・屍與喪

1

嚐、嚐、嚐、嚐。

宣告放學的鐘聲響起，所有學生臉上都洋溢著喜悅，整個教室的氣氛也頓時轉為輕鬆。

但曉潔卻沒有辦法融入這樣的氣氛之中，洪老師那眼神與動作，一直殘留在她腦海中揮之不去。

當然曉潔也非常清楚，當你認為一個人是賊，那麼不管那個人做什麼，看起來都會像個賊的道理，但是曉潔也有相當的把握，如果洪老師真的在背後搞鬼的話，那麼現在很可能就是讓她人贓俱獲最好的時機。

因此，曉潔做了一個決定，她收拾好書包之後，走出校門，並且在附近找了一個隱密的場所，靜靜地等著。

等了好一陣子之後，校門口終於出現了洪老師的身影，只見他依然是一臉頹廢地低著頭，走出了校門，朝著另外一邊走去。

曉潔跟著洪老師，來到了距離學校約莫五分鐘路程外的一座立體停車場，在這段路上，曉潔盡可能地拉近兩人之間的距離，但是也小心翼翼不讓洪老師發現，一路這樣到了停車場，洪老師上到三樓之後，立刻轉進廁所之中。

曉潔沒辦法跟進去，而由於廁所又剛好在樓梯間，突兀地盯在門口也不是辦法，因此曉潔剎那間慌了手腳，不知道該怎麼辦，擔心洪老師要是趁機從樓梯離開，自己不就跟丟了。

就在這個時候，停在車陣之中的一輛紅色跑車，吸引住了曉潔的目光，曉潔跑過去看，果然，這台跑車正是洪老師，不，是阿吉的座車。

看準了這點之後，曉潔決定棄人守車，躲在跑車後面守株待兔。

果然十分鐘過後，一個染著一頭金髮的年輕人走了過來，用遙控鎖對著車子一按，車子發出了幾聲電子音之後，立刻發動了起來。

這個金髮年輕人，正是那個自稱是洪老師弟弟的阿吉。

這幾乎是阿吉每天的例行公事，早上開車來上課時，先將車子停在這座簽約停車場，然後再到廁所一趟，阿吉就會消失，取而代之的是為人師表的木訥洪老師。下課之後則反過來，當洪老師走進那間廁所之後，就會消失得無影無蹤，有的只剩這個金髮的年輕男子阿吉。

兩人就好像太陽與月亮一樣，不可能並存於同一片天空。

阿吉吹著口哨，熟練地上了車，撕下那張貼在方向盤後面的符籙，正準備開車，突然旁邊的車門被人打開，一個人影閃進了車內。

阿吉嚇了一跳，猛一轉過頭，只見那人影已經在副駕駛座上坐好了。

定睛一看，坐上車的不是別人，正是曉潔。

「妳？」阿吉瞪大雙眼：「妳怎會……」

曉潔轉過頭回瞪著阿吉，冷冷地說：「好久不見了。」

「有很久嗎？」阿吉白了曉潔一眼說：「所以現在只要我們一段時間沒見面，妳就會像這樣跳到我車上來跟我見面嗎？」

想不到阿吉竟然會這樣吃自己的豆腐，讓曉潔沉下了臉。

「當然不是，」曉潔正色道：「我會跳上車，是因為我有預感，你接下來要去的地方跟陳純菲有關。」

「啊？」阿吉一臉狐疑地問：「是什麼給妳這樣的預感？」

曉潔聳了聳肩說：「不知道，或許就是女人的第六感吧？」

「妳也算女人嗎？」阿吉沒好氣地說：「妳還未成年吧？」

「明年就成年了！」曉潔扁著嘴說：「而且不管怎樣，事實也證明我的第六感是對的啊！」

「然後咧？」

「那還不開車？」

「啊？」阿吉挑起一邊的眉毛說：「妳跟去真的有比較好嗎？」

「我要跟。」曉潔堅決地說：「除非……你有什麼不想讓我知道的祕密。」

聽到曉潔這樣幾乎是賴皮的回答，阿吉只能無奈地搖搖頭，緩緩將車子開出停車場。

「妳有沒有發現妳現在講話越來越……沒大沒小？」離開停車場的時候，阿吉有感而發。

其實這點曉潔自己也感覺到了，或許真的就是因為跟阿吉相處得越久，講話也就越來越直接了，連她自己都非常驚訝自己的這個轉變。

更重要的是，阿吉怎麼看都沒有為人師表的感覺。

「你忘記你自己說過的嗎？」曉潔看著窗外回道。

「我說過啥？」

「你只是老師的弟弟啊。」

聽到曉潔這麼說，阿吉也沒再多說什麼。

就阿吉來說，他也的確沒有那麼多心思管什麼老師的尊嚴，至少在校外，他一點也不在乎這些東西。

「我們現在要去的地方，跟陳純菲有關？」隔了一會之後，曉潔突然問道。

「嗯，妳不是知道嗎？」

「為什麼是陳純菲？」曉潔不解地說：「她不就只是車禍現場的目擊者嗎？啊！該不會是那個車禍的死者纏上她了吧？」

曉潔腦海裡面突然浮現出一個理所當然的答案，甚至理所當然到曉潔很訝異自己竟然先前沒有聯想到。

「有那麼單純就好了。」阿吉冷冷地回答。

「不然呢？」曉潔轉過頭來看著阿吉：「你為什麼會無緣無故注意到陳純菲？」

「不是我注意的，」阿吉無所謂地說：「是我哥。身為你們班的導師，我哥一直都非常關心妳們這些學生啊。」

聽到阿吉這麼說，曉潔臉上立刻浮現出一對死魚眼。

「不過這一次，」阿吉繼續說：「是在發生車禍的那天，負責調查那起車禍的警官來過學校，跟我哥說了一件事情，讓他非常在意，所以才回來問我。」

「什麼事情？」

「那警官說，這已經是第三次陳純菲出現在他處理的案件之中了。」

「第三次？」曉潔瞪大了眼，一臉訝異地問：「都是車禍？」

「沒，」阿吉搖搖頭說：「兩起車禍，一起竊盜。那警官還說，這三起案件都有個共通點，那就是最後都有人死亡。」

曉潔沉下了臉。

「所以……」曉潔皺著眉頭說：「你懷疑這些事情都跟陳純菲有關？」

「嗯，」阿吉點了點頭說：「我懷疑陳純菲被人下咒了。」

去除掉中間的推理過程，阿吉給了曉潔一個非常直接的結論。

「又是……」

想不到過沒幾個禮拜的好日子，自己的同學又有人捲入靈異事件中，讓曉潔有種無力的感覺。

「所以我們現在是要去找陳純菲囉？」曉潔扶著額頭問。

「當然不是。」阿吉理所當然地說：「現在還只是我的推測，怎麼可能直接就這樣殺上門去面對她那容易歇斯底里的媽媽。」

對於歇斯底里的媽媽這一點，曉潔在開學第一天就見識到了，因此沒有什麼太大的意見。

「那不然我們現在要去哪裡？既然你都說這只是推測了。」

「當然就是去找答案囉。」

「去哪裡找？」

阿吉沒有回答，只是將車子緩緩停了下來。

「這裡。」阿吉淡淡地說。

曉潔看著窗外，這時太陽已經下山了，眼前這片夾在高樓大廈之中的低矮建築物，流露出一抹詭異的氣氛。

門外幾個看起來像是日本鳥居的牌樓豎立在大門口，光是看後面三個字，就已經讓曉潔非常後悔自己硬要跟上來了。

那三個大字寫著「殯儀館」。

2

阿吉從車上拿了一大袋東西之後，兩人便一起走入殯儀館中。

兩人才剛走進殯儀館旁邊的服務中心就聽到一陣叫聲。

「哎呀！看看是誰來了！」櫃台一個年過半百的老人家一看到阿吉，立刻瞪大雙眼叫道：「阿彬！你快出來啊！你看看是誰來了！」

過沒多久，另外一個一樣年過半百，但是相對之下比較瘦小的老人家從後面跑了出來，看到阿吉也是瞪大了雙眼。

「哎唷！是小吉啊！」那瘦小的老人家咧嘴笑道：「真是好久不見啦！」

雖然憑兩位老人家的年紀要叫年近三十的阿吉為小吉，並沒有什麼太大的問題，但是聽在曉潔的耳中還是覺得很奇怪。

這兩個一看就知道認識阿吉的老人家，一左一右地拉著阿吉到旁邊的會客室裡面坐了下來。

「唉，」那位叫做阿彬，比較瘦小的老人家嘆口氣說：「都已經過了多少年了。」

「是啊，」另外一個老人家附和道：「我記得上次見面的時候，就是你師父的……」

那老人家話還沒說完，就被阿彬用手肘撞了一下。

「咳、咳。」老人家立刻會意過來，輕咳了兩聲之後說道：「哎呀，總之就是好一陣子不見了。話說死老頭，你肘擊我是怎樣？都不怕把我這把老骨頭給拆了嗎？」

「我是提醒你耶。」

「不用你提醒，」老人家揮著手說：「我做人比你還要老練，不用你雞婆。」

「欸？你這人怎麼這樣講話啊？什麼叫不用我雞婆？」

想不到兩人竟然會突然你一言我一語的吵了起來，讓曉潔瞬間覺得場面好像有點尷尬，誰知道一旁的阿吉卻是一臉稀鬆平常，彷彿這兩個老人家常常都會這樣吵起來。

不過再怎麼說，這種地方一點都不像是一個平常會來泡茶聊天的場所，對於阿吉為什麼會跟這裡面的工作人員熟識，曉潔還是覺得一頭霧水。

「阿吉，」曉潔輕聲地在阿吉旁邊問道：「你跟這裡的人都很熟嗎？」

「當然啊，」阿吉白了曉潔一眼，彷彿她問了一個很蠢的問題：「妳忘記我師父是幹什麼的嗎？以前這裡我們幾乎每個月都會來上好幾次，大部分都是來做法事的。」

聽到阿吉這麼說，曉潔才會意過來。

的確，曉潔到今天為止的人生裡面，都不曾參加過喪禮，因此雖然知道阿吉的師父就是呂偉道長，但卻下意識地認為，所謂的道長就是像電影裡面一樣，不是在廟會的時候，不然就是在開壇作法的時候才會出現的職業，完全忘了他們最常出現的地方，恐怕是這種辦理喪事的場合。

在阿吉的介紹之下，曉潔才知道那位比較福態的老人家姓秦，阿吉都稱他為老秦。另外一個比較瘦小的老人家因為名字裡面有個彬，因此大家都叫他阿彬。

兩人在過去都是呂偉道長的舊識，也在殯儀館裡面服務超過三十年以上了，因此可以說是看著阿吉長大的兩位老人家。

也因為兩人在一起工作的時間過長，因此像這樣鬥嘴已經是他們生活中不可或缺的一部分了，幾乎什麼事情都能吵上一架，不過很快就會停下來。

果然在阿吉向曉潔介紹完之後，兩人立刻堆滿了笑臉，一起轉過來面對阿吉。

「今天怎麼有空過來啊？」老秦問阿吉。

「有點事情要處理。」

「這樣啊，」阿彬笑著說：「如果有什麼需要我們幫忙的，不要客氣，儘管跟我們說嘿。」

阿吉跟兩人簡單寒暄幾句，兩人再三交代要阿吉常來看看他們之後，才放阿吉通行。

曉潔跟著阿吉來到了更後面的冰櫃管理處，整個氣氛明顯跟外面不太一樣。

不知道是因為心理因素，還是後面的冰櫃有些冷氣洩漏了出來，才剛踏入管理處，曉潔就突然感覺到一陣寒冷。

此時已經到了下班時間，因此大部分的工作人員都已經回家了，只留下一個櫃台小姐還留守在管理處。

在政府實施節能省電之後，到了晚上，十坪左右的管理處就只剩下櫃台頂上有一盞燈光，看起來空蕩蕩又昏暗的管理處也因此增添了些許詭異的氣氛。

兩人才剛走到櫃台前，就聽到有人叫著阿吉。

「阿吉？」

一個戴著厚重眼鏡的女子從櫃台後面探出頭來。

「好久不見了，」阿吉笑著向女子問候：「高小姐。」

雖然說已經知道原因，可是看到每個殯儀館的工作人員都認識阿吉，也的確讓曉潔有點驚訝。

不曉得這些人知不知道他們所認識的阿吉，其實還有另外一個洪老師的身分，不，曉潔甚至很懷疑他們如果在這個時候看到在學校的洪老師，會不會認得出那個頹廢的男人就是阿吉。

畢竟阿吉的變裝可不像是電影裡面的超人，只是拿下眼鏡就莫名其妙的沒人認得出他來，阿吉不但戴上了假髮，還戴上了厚重的粗黑框眼鏡，整個體態跟行為舉止也都徹底改變，曉潔甚至還懷疑阿吉有在臉上化一些看起來比較頹廢的妝。

不要說他們了，就連班上那些阿吉後援會的成員們，至今也沒人發現阿吉跟洪老師根本不是什麼兄弟，而是同一個人。

就在曉潔這麼想的同時，阿吉與櫃台的高小姐寒暄了一會。

「今天怎麼那麼有空來我們這邊？」高小姐問。

一聽到阿吉可能會說到重點，曉潔立刻回過神來仔細聆聽，因為到現在為止，曉潔還是不知道兩人為什麼要來殯儀館。

「想要向妳打聽一下，」阿吉將身體靠在櫃台上面說：「妳知道上個禮拜那場發生在J女中門口的車禍嗎？」

「嗯。」高小姐點了點頭。

「那位死者的大體，」阿吉接著問：「是不是送到這邊？」

「是啊。」高小姐乾淨俐落地答道。

「我想要看看他的情況，可以嗎？」

聽到阿吉這麼問，高小姐先是看了看曉潔，然後又看了看阿吉問道：「有文件嗎？」

「當然沒有啦，」阿吉笑著說：「拜託妳囉，高大美人。」

聽到阿吉這樣說，曉潔的眼睛都快要翻白到不行了。

想不到阿吉竟然會用那麼油腔滑調的方法，讓曉潔感到十分無言。

最好人家會因為你叫一聲美女就讓你過去啦！

曉潔在心中這樣吶喊。

「這樣我會有麻煩耶。」果然高大美女皺著眉頭說。

「不麻煩，」阿吉誇張地搖著手說：「妳不說、我不說、她不說，不會有人知道的，而且等等就晚上了，正常人不會三更半夜來冰櫃室的，加上只要妳這邊安排一下，讓今晚送來的人不要靠近我們那一側就好囉。」

阿吉接著雙手合十放在前面，懇求著高小姐說道：「拜託妳啦，高大美女。」

就跟你說了不會有人因為你叫一聲美女就放行的啦！

曉潔心中再次這麼吶喊。

豈料高大美女沉吟了一會之後，抿著嘴點點頭說：「好吧，我相信阿吉你一定有你的原因。」

這下換曉潔無言地白了高大美女一眼。

阿吉見狀立刻拉了曉潔一下，然後跟高大美女說：「謝謝妳，下次有機會再請妳吃飯。」

然後在高大美女還來不及看到曉潔眼神之前，趕緊拖著曉潔往冰櫃室走。

「妳是來亂的嗎？」阿吉白了曉潔一眼。

「你一向都是這樣走到哪裡就麻煩人到哪裡嗎？」曉潔反問。

阿吉沒有回答，只是一個勁地往裡面走，然後到了每一個轉角，都拿起掛在牆角上面的牌子看。

「話說回來，我們到底為什麼要來這裡？」

「真要說的話，」阿吉突然轉過身來直直凝視著曉潔說：「我想比較有趣的問題是，妳為什麼堅持一定要跟來？而且妳又為什麼會知道陳純菲有問題？」

想不到阿吉會突然這樣問，讓曉潔立刻心虛了起來，心虛的原因很簡單，因為曉潔沒辦法乾脆地說出心中真正的答案——因為我懷疑你。

像這樣的話，曉潔實在說不出口，也不應該讓阿吉知道。

阿吉雙眼凝視著曉潔，讓原本就已經很心虛的曉潔更加心虛了。

「看什麼看啦，」曉潔揮著手說：「就說是第六感了，不行嗎？」

「沒有不行，」阿吉這才轉過頭去，將目光移到冰櫃上面：「只是覺得難得妳有那麼好的觀察力，我一直都不相信第六感這種東西，又或者應該說，我覺得所謂的第六感，是綜合很多一般人可能都無法說清楚的資訊之後，產生出來的一種感覺，最主要的資訊來源說穿了，就是觀察力。因為我是在警官跟我說過之後，我才注意到陳純菲的，想不到妳竟然這樣就注意到了，這倒是讓我有點驚訝。」

想不到阿吉竟然會這樣稱讚自己，讓曉潔更覺得心虛了。

畢竟曉潔根本只是純粹懷疑阿吉而已，這讓曉潔突然之間對阿吉感到愧疚了起來。

的確，阿吉是色了點，還騙過自己穿上兔女郎裝，可是到頭來，還不是也救了自己一命。

最重要的是，如果……當然只是如果，這一切真的跟阿吉無關，那麼自己不但沒有好好感謝過這個救命恩人，還把他當成始作俑者來懷疑，這樣自己不是很糟糕嗎？

不過，如果真的不是阿吉搞的鬼，那麼這一切真的不過是巧合嗎？

這樣的內疚感，讓曉潔一時之間沒辦法再繼續懷疑下去。

雖然理智告訴曉潔，心裡的話不應該這樣說出來，尤其不應該對阿吉說，但是等曉潔回過神來時，話已經從嘴巴裡面冒了出來。

「你有沒有想過，」曉潔低著頭問道：「我們班上接二連三發生這些事情……很不尋常？」

就在曉潔這麼問的同時，走在前面的阿吉，突然停了下來。

阿吉的這個舉動讓曉潔立刻心生後悔。

果然還是不應該這樣說出口的。

因為，這等於是在毫無防備的情況之下，告訴嫌犯我懷疑你就是兇手的感覺。

阿吉沉默了一會之後，突然轉過頭來指著其中一個冰櫃說：「應該就是這個冰櫃了。」

3

阿吉完全沒有給曉潔任何心理準備的機會，在確定名字正確之後，手一抓就把冰櫃門打了開。

映入眼簾的是一具冰冷的大體。

「聽說車禍幾乎將他身體的部分都壓碎了，」阿吉對曉潔說：「妳要有點心理準備喔。」

說是這麼說，但是阿吉話才剛說完，就立刻把冰櫃拉出來，根本完全沒有給曉潔心理準備的時間，曉潔連深呼吸的機會都沒有，就被阿吉突然拉出來的大體給嚇到，差點叫出聲來。

男孩雙眼緊閉，身體正如阿吉所說的那樣，因為車禍的關係整個陷下去，死狀有點悽慘。

完全沒有心理準備的曉潔，只看了一眼立刻撇過頭去，不敢再多看任何一眼。

現在曉潔完全了解到怵目驚心這句話的真正含意了，光是剛剛看上那一眼，曉潔就感到渾身無力，胸口也不自覺地痛了起來。

那種光看都會覺得痛的慘狀，讓曉潔在內心裡面咒罵著阿吉，為什麼要讓她看到那麼恐怖的畫面。

「你、你一定要這樣嗎？」曉潔聲音顫抖地說：「這樣不好吧？畢竟是人家的遺……大體。」

「我有事情必須要確認一下。」

「什麼事情？」

阿吉沒有回答，只是在身後發出了颼颼的聲音。

曉潔完全不敢看，因此根本不知道阿吉到底在搞什麼鬼，這時身後又傳來了沙沙沙宛如有人將沙子倒入碗裡的聲音，讓曉潔更加覺得坐立難安。

「你到底在做什麼啊？」

「妳如果會怕，」阿吉冷冷地說：「就先出去大廳等著，如果要留下來，就不要一直問東問西的，想知道我在幹嘛直接轉過來看不就好了。」

聽到阿吉這麼說，曉潔還真的有一股衝動想要轉頭衝出去，不過看看來時的道路一片昏暗，兩側又都是冰櫃，加上自己這一路進來腦袋裡面都在想著懷疑阿吉的事情，因此根本不確定到底該怎麼走。

更何況，打從一開始就是自己硬是要跟來的，現在在這裡打退堂鼓，不就一點意義都沒有了嗎？

沒什麼好怕的，不過就只是一具屍體嘛。

曉潔試著說服自己，自己連那些鬼魂都看過了，不過只是一具屍體，沒有什麼好怕的。

深呼吸幾口氣之後，心情也感覺平復了許多。

剛剛如果不是阿吉那麼突然地拉開冰櫃，自己又在沒有心理準備的情況之下看到那麼恐怖的屍體，按理說她應該不會怕成這樣才對。

調整好呼吸之後，曉潔將頭轉回來。

才剛回頭，就看到那具屍體，但是卻沒見到阿吉。

整條走廊頓時只剩下自己跟那具死狀悽慘的屍體，曉潔原本已經調適好的心情，這下又潰散了。

張開口正打算叫阿吉，就看到走廊突然閃過一道黑影，曉潔定睛一看，心跳也跟著漏了一拍。

一張桌子就這樣朝自己飄過來。

「嗚啊！」曉潔嚇到叫了出來。

「叫什麼叫啦，」阿吉的聲音從桌子後面傳來：「妳真的是想要吵『死人』嗎？」

這下曉潔才看清楚，原來是阿吉在後面搬著這張桌子，因為走廊燈光比較昏暗，加上視線被桌子擋住了，才會以為桌子是自己飄起來的。

阿吉將桌子放在走道上，正對著屍體，接著從隨身帶來的大袋子裡面，拿出一塊布，將布攤開鋪在桌子上，然後又從袋子裡面拿出了一些東西，並且將它們全部放在桌子上。

曉潔只能晾在一旁，側著頭看阿吉動作。

「我要在這邊開壇。」一面對臉上充滿疑惑的曉潔，阿吉給了這個答案。

「可以看得出來。」曉潔點著頭回答。

「待會不管發生什麼事情，」阿吉說：「妳都不要大驚小怪啊。」

「啊？」

聽到阿吉這麼說，曉潔張大了嘴，畢竟在此時此刻的此地，不需要發生任何事情，曉潔已經處於任何風吹草動，都可以讓她嚇到魂飛魄散的地步了。

開什麼玩笑！這是殯儀館耶！這裡是冰櫃室耶！是真的有收容往生者大體的冰櫃耶！發生任何事情都應該要大驚小怪才對！

雖然曉潔的心裡是這樣吶喊，但是綜合眼前的情況，她所能做的也只有無奈點頭答應而已。

誰叫自己硬要跟來呢？

這就叫做天作孽，猶可違；自作孽，不可活啊！

就在曉潔還在一旁埋怨著自己為什麼要跟過來的同時，阿吉已經將整張桌子擺滿了各種器皿，看起來就好像電影中的道士起壇一樣，這倒也算是開了曉潔的眼界。

因為曉潔每次見到阿吉幾乎都是便服的模樣，即便在對抗靈體的時候會換上那件騷包的金色道袍，可是看起來仍然跟傳統的道士很難連得上線，更不要說阿吉的態度，一點都不像是修道人士該有的言行舉止，因此看到阿吉這樣宛如電影中的道士般樸素地開起壇來，反而有一種落差感。

東西都擺設好之後，阿吉向四方上了香，照阿吉的說法，這就算是開壇了。

開好壇之後，阿吉拿出一顆橘子，跟當時在 KTV 一樣插了三根香在上面，然後拿出一個香爐，曉潔原本還以為裡面會是香灰，定睛一看裡面竟然裝的都是生米。

一切都準備好之後，阿吉去搬來了兩張椅子，跟曉潔坐在旁邊。

「接下來就是等。」阿吉用下巴比了比桌上的橘子跟香爐說：「等等就會有結果了。」

橘子燒香這一套曉潔已經看阿吉做過了，因此立刻聯想起當時自己的情況，難道說現在陳純菲遇到的也跟當時自己的情況一樣？

不過當時是在 KTV 做這樣的事情，這次不知道為什麼得要在殯儀館，如果同理可證的話，不是可以在學校對面的車禍現場做嗎？

「是可以。」曉潔將疑問提出來之後，阿吉爽快地答道：「不過會選擇這裡有兩個原因，第一個原因就是，在外面插橘香，雖然一樣可以得到結果，但是難保不會有什麼孤魂野鬼聞香而來，到時候測驗還沒有結果，又惹到別的東西。另外一個原因就是除了香相之外，還有另外一些東西我想要看看，等等妳就會知道了。當然除了這兩個原因之外，妳自己想想，如果我們兩個現在在人來人往的路邊就這樣燒起香來，看起來不會很奇怪嗎？至少這邊如果真有外人進來，我們也可以說是家屬請我們來超渡他之類的，很容易唬弄過去的。」

「所以……」曉潔沉著臉說：「這次陳純菲遇到的也是縛靈嗎？」

「應該不是，」阿吉搖搖頭說：「橘香有各種香相，會隨著情況不同而燒成不同的樣貌，所以要等香燒完之後，才能夠有定論，不過我想陳純菲的情況，應該跟妳完全不同。」

阿吉沉吟了一會之後才緩緩地說：「我懷疑陳純菲遇到的不是屍，就是喪。所以我才會兩個都一起測測看。雖然我心中已經大概有底了，不過還是要等結果出來之後，才能下定論。」

「屍或喪？」

「嗯，」阿吉點點頭說：「屍喪本同源，皆為萬物身後之遺，因此兩者很容易搞混，不過因為兩者雖然類似，但是處理的方法完全不一樣，所以一定要搞清楚，才能夠對症下藥。不過這一切，都還要看看大體本身有沒有反應。」

「有沒有反應？」聽到阿吉提到屍與喪，又聽到阿吉說要看大體有沒有反應，一個很古老的東西立刻浮現在曉潔的腦海之中，讓她臉孔都有點扭曲了，驚恐地問：「你是說像電影裡面的屍變那樣嗎？」

「當然不是。」阿吉不屑地呿一聲之後說：「不過既然妳提到了，大概就是這麼一回事。電影裡面的殭屍，在我們這一派之中，就是稱之為喪。」

一會說不是，一會又說是，讓曉潔連反應都不知道該怎麼反應，只能白眼看著阿吉。

「喪一般是指身後事，」阿吉無視曉潔的白眼繼續說：「而人之所以會成為殭屍，多半就是身後事沒有處理好，因此我們這一派的將殭屍這種靈體，稱為喪。不過我不覺得這次我們所面對的會是這樣的情況。」

「那你說的大體會有反應，是什麼樣的……」

就在這麼說的時候，曉潔視線剛好轉向大體的地方，而異相就在她眼前出現了。只見原本應該緊閉著嘴唇與雙眼的屍體，這時全都打開來了，張大的雙眼與嘴巴，乍看之下，就好像屍體醒過來了一樣。

看到這情況，不要說把話說完了，曉潔已經整個人僵在原地，就連呼吸都忘了。

一旁的阿吉當然也注意到了屍體的變化，從椅子上站了起來，朝屍體那邊走過去。走沒兩步，在沒人觸碰的情況之下，屍體卻突然晃動了一下，有那麼一瞬間，曉潔差點就跳起來狂奔出去了。如果屍體在晃動之後，真的就坐起來，那麼曉潔真的會這麼做，所幸屍體只有晃動一下之後，便不再動了。

阿吉轉過來，看了曉潔一眼之後，用手指向屍體的嘴巴，要曉潔注意看。

曉潔順著看過去，這時屍體張開的嘴巴突然冒出了大量的水，水從嘴邊流了出來，順著臉頰流下來。

「這是……」曉潔愣愣地說。

「囦。」

「嗯，」曉潔點了點頭說：「你說過囦。所以他果然是……含冤而死？被鬼害死的？」

「對，」阿吉也點著頭說：「口中冒水吐冤情，他的死果然不單純。」

阿吉說完之後，轉過身去走到祭壇邊，指著裝生米的香爐說：「這些米就是妳在電影裡面看到的糯米，如果是屍變，也就是喪的話，那麼這些白米就會變黑。」

曉潔看過去，白米仍然還是白米。

「可是他不是被車子撞死的嗎？」曉潔不解地問：「要變成殭屍不是要被殭屍咬嗎？」

「當然不是，」阿吉搖搖頭說：「如果真的是要被咬才會變的話，那麼一開始的殭屍是從哪裡來的？就像我剛剛跟妳說的，屍變主要的原因，是身後事沒有辦好，不過我放這些也只是以防萬一，畢竟我不希望自己有什麼漏掉的線索而誤判，所以這些只是保險起見才會放的。打從一開始我就認為他是被屍所害。」

「屍？」

「嗯，」阿吉說：「我會懷疑他有問題，是因為我從陳純菲身上，看到了一股屍氣。會形成屍氣的人，除了本身曾經斷過氣之外，就是曾經接觸過屍或喪這兩種類型的靈體。因此我才會準備好這兩樣東西，糯米尋喪，三香探屍。」

「那橘子呢？」

「……只是裝飾，好插香。」

曉潔白了阿吉一眼，畢竟兩次都是用橘子，害曉潔還以為橘子有什麼特別的含意。

阿吉轉過去看著橘子上面的香，然後揮揮手要曉潔過來。

「妳看。」阿吉指著香說。

曉潔原本還以為那三支香，會像當時在KTV燒的一樣變成什麼濕灰的，但是這一次三支香卻有完全不同的模樣。

只見短短不到幾分鐘的時間，三支香都已經燒完了，但是香灰並沒有像上次一樣，黏得牢牢的，反而掉落散了一地，乍看之下就跟一般燒光的香沒什麼兩樣。

但是當曉潔靠過去看個清楚時，就可以清楚地看到在三支香上面都有一條細細的香體沒有燒毀，因此看起來就好像那三支香仍然直挺挺地插在橘子上，只是變細很多。

「香燒不盡，就是屍兆。」

「這到底是怎麼一回事？」曉潔看著眼前這一切，皺著眉頭說：「陳純菲到底捲入了什麼樣的事情？」

阿吉沉著臉，沉吟了一會之後，淡淡地說出一個字。

「……屍。」

4

一切都收拾好之後，兩人踏上回家的路。

在送曉潔回家的路上，阿吉也跟曉潔稍微解釋了一下何謂屍。

「妳有聽過養小鬼嗎？」阿吉問曉潔。

「有。」

雖然不曾真正遇過或看過人家養小鬼，不過類似的故事，常常會出現在一些恐怖小說或電影之中，因此曉潔也不能算完全沒有聽過。

「其實養小鬼也是屍的一種，」阿吉一邊開著車子，一邊向曉潔解釋：「所謂的屍，就是指魂體還殘留在屍骸之中，魂不離其屍謂之屍。人不離其屍者為屍靈，畜不離其屍是為屍妖，以魂據他屍則為屍魔。天為自然、地為反態、人為他為，這就是所謂的屍之三型九變。簡單來說，所謂的養小鬼，就是把沒有轉世的小鬼魂魄，讓他寄居在屍骸裡，因此就是我們鍾馗派中所稱的人屍靈。」

「所以陳純菲惹上的就是人屍靈囉？」

「不，」阿吉搖搖頭說：「不一定，要看其所選的素材，還有是不是人為等等因素，所以很難說。而且，光是從屍身就斷定他裡面一定是人類的魂魄，也有點太果斷。更何況我們現在連真正養魂的屍體都還沒有找到，總之，現在下判斷還太早了。不過，至少我們現在非常確定是屍了。接下來……」

「接下來？」曉潔轉過頭看著阿吉問道：「該怎麼做？」

阿吉沉著臉，沒有回答。

「你怎麼不說話？」曉潔追問。

「……接下來，就要看看陳純菲為什麼會跟屍有關聯。」阿吉沉吟了一會接著說：「這次的事件，從某個角度來說，或許會是最難處理的一件也說不定。」

空。

第3章・跟監

1

即使自認在第一時間就已經盯住了洪老師與阿吉的一舉一動，但到頭來卻還是一場空。

畢竟曉潔根本就不是什麼專業人士，更不可能熟悉鍾馗派的道法，因此就算真的是阿吉在她的面前搞鬼，說真的，曉潔也沒有自信可以看得出來。

無論如何在這個學期開學以前，曉潔根本連這個世界上有沒有鬼這個問題，都還保持客觀的態度，更遑論在跟著阿吉的時候，也只能被阿吉說得頭頭是道，偶爾還會出口成章的話語，唬得一愣一愣的。

如果不是真的經歷過這一切，曉潔恐怕打死也很難相信這一切。

不過即便如此，曉潔也還是打算繼續盯下去，因為她相信就算一個人裝得再像，只要長時間相處下來，憑自己的觀察力，一定可以找到一點蛛絲馬跡，循線抓到那個人的狐狸尾巴。

因此第二天放學後，曉潔二話不說再度跟著洪老師到了停車場，一樣趁著洪老師去變裝的時候躲在車子後面，然後在阿吉上車之際跳到副駕駛座。

「妳又來了？」

對於曉潔這樣接二連三地出現，阿吉只有表示無奈，似乎也沒辦法太強制性地將她驅離。

不過這一天，阿吉所要處理的事情，仍然跟陳純菲有關。

兩人再次來到殯儀館，只是這一次兩人不再進去冰櫃區，而是來到位在冰櫃區另外一側的法醫室。

記得當時在KTV的時候，阿吉就已經告訴過曉潔，他有認識的法醫，果然當兩人來到法醫室的時候，裡面的員工也跟阿吉熱情地寒暄了一番。

裡面值班的法醫正是昨天負責檢查那位在車禍中喪生男孩的值班法醫，兩人不免俗地寒暄一番之後，阿吉將自己此行的目的告訴了值班法醫。

「就你的專業，」阿吉問法醫：「有沒有什麼比較不尋常的地方。」

「你說那個男孩嗎？」法醫搖搖頭說：「沒有。不過……」

「不過？」

「駕駛那邊我倒是有一點在意。」

「駕駛？」阿吉挑眉問道：「他也……」

阿吉當時從警方那邊得到的訊息，只聽說駕駛還在急救，後續的情況就不清楚了。

「嗯，」法醫點了點頭說：「急救後還是無效，昨天也進行了解剖。比起那個學生，我覺得駕駛這邊反而疑點重重。」

「怎麼說？」

「我沒看到一些該有的傷，」法醫沉著臉說：「反而發現了一些比較奇怪的傷害。」

阿吉示意法醫說下去。

「即便是車禍，以我的經驗來說，還是會有一些類似防禦性傷口的創傷，畢竟有很多車禍，在車輛失控到實際上發生撞擊，還是有一段時間差，因此人體會自然而然產生一些抵抗的反應。但是在這起案件中，類似這樣的傷口，我完全沒有看到。我反而在駕駛的頭顱左側，發現一個撞擊後的傷口，經過比對之後，證實在車輛急轉彎的時候，駕駛因為慣性的關係，才導致頭顱與車窗撞上，這點其實有點不太尋常，感覺就好像是他完全沒有料到車子會這樣轉彎。比較合理的解釋，應該是他的車子是在非預期的情況之下，突然被迫改變方向。」

阿吉若有所思地摸著自己的下巴。

「然後接下來就是致命的撞擊，」法醫繼續說道：「不但奪走了那個學生的性命，就連駕駛也因此喪生。不過在撞擊的瞬間，從駕駛的傷勢看起來，他似乎是在毫無抵抗的狀況之下，就這樣正面撞上方向盤。」

「所以如果由你來研判，」阿吉說：「會是什麼樣的情況？」

「如果給我研判，」法醫抿著嘴說：「當然是朝打瞌睡之類的方向，可是……真的可以睡得那麼死嗎？從那情況看起來，幾乎已經跟暈過去沒有兩樣了。」

「駕駛體內有任何藥物或酒精反應嗎？」

「沒有。」法醫搖搖頭，接著突然看了一下門外，然後臉上突然浮現出一抹有點輕佻的表情說：「就是因為有些疑點，所以我……嘿嘿，特別拿你上次給我的那個東西試試看。」

「喔喔喔！」聽到法醫這麼說，阿吉也挑起眉毛來：「有結果嗎？」

法醫沒有回答，只是轉身到自己的辦公桌旁，打開抽屜，拿出了一顆橘子。

法醫將橘子拋給了阿吉，阿吉接到之後，打量了一下橘子，接著熟練地剝開橘子皮，將其中一片果肉，拿到了曉潔面前。

「吃吃看。」

曉潔一開始搖搖頭有點抗拒，不過在阿吉跟法醫兩人的眼神之下，還是勉為其難地接過橘子果肉，然後放到鼻子下面聞了一下。

不管是外觀還是聞起來的氣味，都跟一般的橘子沒什麼兩樣。

遲疑了一會之後，曉潔還是將橘子的果肉放入自己的口中。

一咬下去，果肉的汁液立刻在嘴巴裡面迸裂開來，舌頭也立刻品嘗出果汁的味道。

與此同時，曉潔整個人瞪大了雙眼，並且張大了嘴巴。

天啊！這是什麼啊！

一股強烈的味道，透過舌頭刺激著曉潔的大腦。

曉潔從來都不知道，有任何食物可以酸到這種程度。

只見曉潔酸到張開的嘴巴都流出了口水，眼淚也飆出來了，臉頰兩側有種被人針灸般那樣的酸楚感。

「啊……啊……啊……啊！」完全喪失語言能力的曉潔只能發出這樣的聲音。

曉潔張大了嘴，連閉都不敢閉起來，衝到旁邊的垃圾桶，一口把嘴裡面的橘子吐出來。

一旁的法醫跟阿吉早就已經笑翻了，兩人捧著肚子笑成一團，讓曉潔真的氣到想要拿桌上的頭骨模型，朝兩人身上丟。

「這一次橘子就真的有用了，」阿吉笑到眼角泛淚地說：「妳先前嫌橘子沒用啊，昨晚真的只是拿來當檯座用的，不過今天就真的有用了，有沒有很酸？」

曉潔沒有回答，只是惡狠狠地瞪著阿吉，即便已經將橘子果肉給吐掉，還是沒辦法完全隔絕口中那股酸意。

一旁的法醫雖然同樣笑翻，不過還是拿了一瓶礦泉水給曉潔。

曉潔一把抓過礦泉水，狼狽地猛灌猛吐，希望可以盡快洗淨嘴巴裡面那股要人命的酸意。

「這是我教法醫的一個簡單測試方法，」阿吉拭去眼角的淚說：「用橘子來測試看看，往生者在臨死之前，是否跟靈體有過接觸，例如被附身啦、被操弄啦，或是鬼遮眼之類的，只要有緊密接觸過都測得出來。就好像石蕊試紙測酸鹼性一樣，橘子可以拿來測遇鬼，如果死前有接觸過靈體的話，那麼橘子就會變得非常酸，酸到妳根本吃不出那是橘子，我們稱之為酸鬼橘。」

阿吉跟曉潔解釋完後，臉上笑意不減地問法醫：「所以你有吃過嗎？」

「沒。」法醫笑著搖搖頭。

「那你怎麼知道有問題？」

「喔。」法醫愣了一會淡淡地說：「我請櫃台的高小姐吃……」

兩人互看一眼，然後又是一陣大笑，笑到曉潔心中真是一團怒火，恨不得將橘子塞到兩人口中，看這兩個人還能不能這樣奸詐竊笑，幸災樂禍。

2

「我相信，」阿吉離開殯儀館時，有感而發地說道：「如果讓我檢查那台車子，一定可以得到更多線索。不過，既然案件已經到檢察官那邊我就沒辦法了，雖然可能還有些可以運用的人脈，不過我想應該不需要做到這個地步，我們從那場車禍得到的資訊已經夠多了。」

兩人駕著車，踏上回家的路。

「我已經幾乎可以確定，」阿吉告訴曉潔：「那個無辜的男孩，恐怕真的是被屍所傷，而那個屍的來源，很可能就是圍繞著陳純菲。而且那屍魂纏著陳純菲恐怕也已經不是一天、兩天的事了。」

「光憑一個事故的屍體，」曉潔一臉狐疑：「你就能這麼肯定？」

「當然不是，」阿吉搖搖頭說：「我之前不是說過有個警察告訴我哥，這已經不是第一次在陳純菲周遭發生這樣致命的事件了？」

曉潔點點頭問：「所以你的結論是什麼？」

「這些案件如果不是偶然，」阿吉說：「而是跟這起案件一樣的話，可能這個屍魂是一直跟著陳純菲的，就好像守護靈一樣。雖然說車禍的這起案件，那個無辜喪命的學生只是想要拿情書給陳純菲，不過對那個守護靈來說，恐怕也算是一種威脅，因此才會這樣。至於另外兩個案件就更不用說了。」

「所以任何人只要威脅到陳純菲都會慘遭不幸，是這樣的意思嗎？」

「嗯。」

「那麼對陳純菲本身呢？」曉潔皺著眉頭問：「聽起來這個屍魂好像很保護她，應該不會對她不利吧？」

「短時間之內可能沒有什麼危害，」阿吉沉著臉說：「不過養屍者，終噬其身。就好像我們所說的，請鬼容易送鬼難。一般的小鬼，看法力高強的程度，能夠給予主人的幫助也有強弱之分，不過一般來說，法力越高的小鬼，當然所求也越多，相對的也越難控制。都已經這樣連續弄出人命了，如果真的只是養小鬼，可能也是我看過最恐怖的小鬼。從過去我跟師父接觸過的案例來看，一旦弄出人命，多半也開始進入失控階段了，利用屍魂的人，大多難逃劫數。」

「如果是這樣的話……」

「嗯，」阿吉點了點頭說：「只怕以目前的狀況來說，就算陳純菲現在沒事，恐怕短時間之內也會出事，畢竟一旦養了之後，就不可能永遠沒事。尤其是都已經出人命了，恐怕距離失控也不遠了。」

聽到阿吉這麼說，曉潔的臉也不自覺地垮了下來，絕望全都寫在臉上。

「老……阿吉。」因為心情很混亂，一時之間又差點叫成老師的曉潔，終於在最後又突然改口叫回阿吉。

「是有多老？」阿吉白了曉潔一眼。

「一時口誤啦，」曉潔揮了揮手說：「你剛剛說，你跟你師父過去常常處理類似這樣的案件嗎？」

「嗯，」阿吉點了點頭說：「想走偏門的人真的太多了，就好比那些去廟裡拜拜的人，有多少人是無所求，就只是單純去敬仰膜拜神明的？太多的人都只問結果，不問後果。所以過去我跟師父常常遇到很多人去泰國之類的東南亞國家，請了小鬼回來，結果飼養不當導致失控，最後沒辦法處理，才來找上我師父。唉……」

阿吉深深地嘆了口氣繼續說：「把養小鬼當成是寵物一樣，你遺棄了小狗，小狗不會咬你，但是遺棄小鬼，可就非同小可了。所以過去有許多人都是因為再也沒辦法控制住那些小鬼，又不知道該如何收拾殘局，以至於最後連命都丟了。」

「所以，」曉潔沉吟了一會之後，抿著嘴說：「你的意思是你懷疑陳純菲養小鬼嗎？」

這對曉潔來說，也算是一個很嚴重的指控，甚至遠遠超過了自己對阿吉的懷疑。

「沒那麼單純，」阿吉一臉為難地搔了搔頭說：「唉，其實我也不是那麼確定，所以我昨天才會說，這很可能會是我們遇到最棘手的一個案件也說不定。以現在的情況看起來，不處理，陳純菲隨時都有可能死亡，除此之外，許多靠近她的人也都有生命危險。那可非同小可啊，妳想想看，不只有她，就連班上的所有同學，都有可能有危險啊。」

聽到阿吉這麼說，曉潔瞪大了雙眼。

「但是處理了，」阿吉接著說：「陳純菲還是有可能死亡，而且有可能就是因為處理不好而被反噬。所以，這還真是燙手山芋啊。」

不處理，情況就跟阿吉所說的一樣，很可能形成大災難，一旦處理了，又可能會白白犧牲了陳純菲，光是想到這樣的情況，就讓曉潔心中有一種難以形容的煩躁，感覺就像是道德上兩難的火車問題一樣。

假如你是一名鐵路軌道的控制員，前方一列火車正快速行駛過來，就在這個時候，突然有五名學童跑到火車應該行經的軌道上玩耍，而旁邊正好有一條分岔出來，同樣可以行駛，但並不是應該行經的軌道，且鐵軌上有一名維修人員，你很清楚火車肯定煞車不及，因為就連你都來不及開口叫鐵軌上的人離開。此時你唯一能做的，就是扳動手邊的鐵路控制器，在極短的時間內做出決定，要讓火車行駛哪一條軌道。在這樣的情況下，你會做出什麼樣的選擇？一次撞死五個無心但有錯的學童？還是犧牲一名無辜的維修人員？

「那你現在要怎麼做？」在思考了一會，仍然沒有想到半點可以妥善解決的方法，曉潔也只能把這樣的難題拋給阿吉：「是要不管她？還是……」

「當然不可能完全不管她，」阿吉側著頭說：「不過，在動手之前，我需要詢問一下對這個比較有經驗的專家。」

「啊？」

「畢竟他是個一生都在與屍對抗的男人，」阿吉說：「在我決定怎麼做之前，我想先聽聽看他的意見。」

曉潔點了點頭，乍聽之下，這個一生都在與屍對抗，因此可以稱為專家的人，好像是一個大人物，只是曉潔作夢也沒想到，這個傳奇的男人，竟然會是自己見過的人。

「不過，」阿吉皺著眉頭說：「在找他幫忙之前，我需要先確定一件事情。」

「什麼事情？」

「養這屍魂的人，」阿吉一臉肅穆地說：「究竟是不是陳純菲。」

3

放學後的洪老師，離開了學校之後，照著往常的路線走到了停車場。

這裡是他長期配合的停車場，已經繳清了年費，因此這一年來他都可以把車子停到這座停車場裡面，而不需要再繳納任何的停車費。

會選擇這座停車場，除了距離學校近之外，還有一個原因，就是因為它的廁所隔間比較寬敞，更優秀的是，它在廁所外面還設有置物箱，這對每天下課之後，就迫不及待想要變裝的阿吉來說，幾乎就是量身打造的停車場。

只是過去兩天，在自己的疏忽之下，竟然被曉潔一路跟蹤到了這個宛如祕密基地般的停車場，讓阿吉一度有考慮是不是該換個地方停車了。

可是今天不一樣，昨天晚上在送曉潔回家之後，阿吉交給了曉潔一樣東西，並且要她做一件事情，而今天兩人就索性約在停車場。

過了一會之後，曉潔果然打開了車門進到車裡。

「如何？」阿吉開門見山地問曉潔：「有結果了嗎？」

「嗯，」曉潔打開書包，從書包拿出一塊布說：「你這個超困難的任務，我可是想了老半天，才找到機會使用。你自己想想，沒事要拿這塊醜不拉嘰的布給人家擦手，正常人才不會接受咧。」

曉潔口中所謂「醜不拉嘰的布」正是昨天阿吉交給她的東西。

「不過，」曉潔一臉得意地說：「今天上體育課的時候，剛好輪到陳純菲去搬球，所以我還特別跟另外一個同學交換，跟她一起去搬球，然後趁她不注意的時候，塗了一點護唇膏在籃子上，她握到之後，果然覺得不舒服，我就順理成章把這塊布拿給她擦手。」

聽到曉潔這樣說，阿吉讚許地點了點頭笑著說：「果然是近朱者赤，看來跟我相處久了，變得比較機靈了。」

曉潔白了阿吉一眼說：「我可不想像你那樣。」

「所以呢？」阿吉問：「她有用那塊布擦手嗎？」

「有。」

「拿來我看看。」

曉潔將那塊黃色看起來有點粗糙的布，交給了阿吉，怎麼看曉潔都覺得比起手帕，這塊布更像是抹布。即使完成了阿吉所交付的任務，曉潔還是不知道這樣做到底有什麼意義。

「這個東西被我們稱為簑布，」對於曉潔的詢問，阿吉解釋道：「是用來蓋在有可能屍變的屍體身上。因為屍體在屍變之前，全身都會開始發福水腫，並且分泌出類似汗水的液體，那種液體其實就是一種屍油。而這塊簑布一旦碰上了屍油，就會泛黑。我們就是這樣來判斷屍體有沒有屍變。」

「啊？」曉潔聽了之後張大了嘴說：「可是你不是說屍變那種殭屍是喪？又說陳純菲遇到的情況是屍不是喪，怎麼現在又拿這塊測喪的布來試驗她？」

「就像我前天跟妳說的，」阿吉說：「屍喪本同源，養屍魂的人，多半會將屍體浸泡在屍油之中，就算不泡屍油，屍體自然也會產生，而養屍者三不五時就會靠近屍體，因此手上一定會有殘存的屍油。雖然說這塊布主要是拿來探喪，但是用來找出養小鬼的人，也很有幫助。以前在我師父的辦公室裡面，桌上就有放一塊釘在木頭上的簑布，只要看到有屍氣的人，師父都會讓他先把手放在簑布上按一按。只要浮現出黑色的手印，就大概了解情況了。」

在阿吉解釋的同時，阿吉也將曉潔拿來的布，左右翻轉仔細檢查，雖然布上有一點髒損，卻沒有明顯變色的地方。

「所以現在這塊布沒有變黑，就代表陳純菲跟養小鬼無關囉？」

「嗯，」阿吉皺著眉頭說：「不是無關，只是屍魂不是她養的。」

「不是她養的……那會是誰養的？」曉潔一臉不解地問道。

4

對於曉潔那個關鍵的問題，阿吉並沒有回答，只是打了通電話給一個男子。

在電話中，阿吉詢問了男子現在所在的位置之後，便發動車子跟曉潔一起前往男子所在的地點。

只是在路途中，男子又突然打了通電話進來，似乎改變了位置，所以兩人又朝新的地點而去。

就這樣過了一個小時後，兩人才終於抵達男子所在的地點。

阿吉將車子停在附近，然後兩人步行過去。

兩人來到了一間知名大賣場的對面，時間已經到了下班時間，大賣場的出入口湧現出大量的人潮，原本還以為兩人的目的地就是那間大賣場，誰知道阿吉卻停在對面，過了一會之後，一個男人朝兩人這邊過來。

雖然兩人之間沒有交談過，但曉潔還是一眼就認出了朝兩人這邊而來的男子，他是在么洞八廟裡面工作的一位廟方人員，印象中曾經聽過阿吉叫他「阿賀」。

「阿吉，」阿賀走過來對著阿吉說：「她進去那間大賣場裡面，差不多已經半小時了，這裡沒有其他出入口，所以她等等一定會從那邊出來，她開的車子停在對面，就是那台銀白色的H系車子。」

「她今天還有去過什麼地方嗎？」

「沒。」阿賀搖搖頭說：「就只有中午出門買便當，很快就回家了。」

「好，」阿吉點點頭說：「接下來就讓我來吧，你先回廟裡，辛苦了。」

阿賀離開之後，阿吉向曉潔解釋：「我上午有事，拜託阿賀先幫我盯住她。」

「嗯，聽得出來，」曉潔皺著眉頭說：「不過最重要的是，你們說的那個她到底是誰啊？」

「等等妳看就知道了。」阿吉仍然這樣回答。

「又是這一——」

就在曉潔正開口要抱怨的時候，一群人剛好從大賣場的出口走出來，其中一個人立刻吸引住曉潔的目光。

曉潔從小就記憶過人，尤其在認人方面，因此哪怕只有一個側臉，只要對方讓曉潔留下印象，恐怕要忘都很難，更何況，眼前這位婦人在第一次見面的時候就讓曉潔留下了非常深刻的印象。

那婦人不是別人，正是開學第一天就在教室外面引發騷動的家長——陳純菲的媽媽。

「這就是我說情況會是最糟糕的其中一個原因，」光是看曉潔臉上的表情，就可以了解她已經看到目標的阿吉，向曉潔解釋說：「要知道屍魂是很私人的東西，能夠控制屍魂附在他人身上的，只限於血肉之親。而且必須是極為親密的血肉之親，一般只有父母子女，就連兄弟姊妹或者隔代的祖孫都沒辦法。陳純菲的父母早就已經離異，監護權在母親身上，陳純菲也已經多年沒有見到自己的父親。所以最有可能的對象只有一個人，就是她媽媽。」

就在阿吉這麼說的時候，陳媽媽已經過了對面，兩人也回到車上，開車尾隨著陳媽媽。

「妳要知道，」阿吉皺著眉頭一臉沉重地說：「以我哥的立場，我們現在做的事情，很可能會引起很大的風波。我是無所謂啦，但是會給我哥帶來困擾。」

曉潔白了阿吉一眼，只要每次阿吉裝傻把自己在學校的身分叫成哥哥，都會忍不住讓曉潔想要白他一眼。

不過這一次她倒也不是完全不能理解阿吉的顧忌。

一直到現在，曉潔還記得開學那天，陳媽媽激動的樣子。

如果被她知道學校的老師竟然懷疑她養屍魂，並且讓屍魂附在自己女兒的身上，恐怕她光是那股怒火都可以把學校給燒了。

不過曉潔非常不解，為什麼身為一個媽媽，會去養屍魂來害自己的女兒呢？

「一般人養屍魂，」對於曉潔的疑惑，阿吉解釋道：「都是為了讓屍魂幫助自己，妳應該可以從很多八卦雜誌看到類似的新聞。從某個角度來說，這就跟法師使用令旗調遣天兵天將的意思很類似，只是法師調將是為了伏妖，而他們只是為了一己私利。」

曉潔平常並沒有看八卦雜誌或新聞的習慣，因此對這一方面可以說是比較陌生，一路上阿吉便舉了幾個例子，讓曉潔大概知道某些人是如何到東南亞國家去請小鬼回家供養，目的就是為了讓自己的事業更加蓬勃發展。

「不過為什麼我們要跟著她？」在聽完阿吉的解釋之後，曉潔不解地問：「就算她真的養了屍魂，不就八成是養在家裡嗎？難道說她還會把屍體帶出來嗎？」

「如果她是養在家裡，」阿吉說：「那麼陳純菲多少應該也會沾到那些屍油，可是那天妳說她擦過手了，卻完全沒有半點痕跡。所以我猜測，她應該不是養在家裡。其實這也不算是什麼稀奇的事情，過去我跟師父也處理過那種去租個便宜套房，然後將那租來的房間變成專門養屍魂的地方。畢竟養屍魂，屍體是一個不可或缺的必要素材，一般人還是會有所顧慮，不希望跟屍體同住在一個屋簷下。所以如果養屍魂的人真的是她，那麼一個禮拜左右，精準一點的說法是十天之內，她一定會去供養那個屍魂。」

「那如果真的只是她比較小心，」曉潔皺著眉頭問：「所以陳純菲才沒有去沾到那些屍油，其實她還是養在家裡呢？」

「即便是這樣，」阿吉說：「她還是需要供養，有些材料不是一般商店有的，因此追不到屍便追供，最後還是可以找到養著屍魂的屍體所在。」

曉潔似懂非懂地點了點頭。

「總之，」阿吉看著前方不遠處緩緩停下的車子說：「只要跟著她，她一定會帶我們去找到那個屍魂的。」

5

接下來的幾天中，曉潔與阿吉都重複著下課之後，與阿賀換班盯住陳媽媽的工作。這樣的跟監行動，雖然讓曉潔有種新鮮的感覺，但只要一想到跟監背後的意義與目的，還是不免讓她覺得有點難受。

在跟監的第一天回家後，曉潔就在自己的臉書上面，看到了陳純菲被標記的動態。點進去看，標記陳純菲的不是別人，正是陳媽媽。

照片是陳純菲這次大考的幾張考卷，每張考卷都有著超過九十分的高分，在考卷的中央，還有一張成績單，上面全校名次的地方被人用紅筆圈了起來，在紅圈裡面，寫著一個「1」字。

照片下面標記寫著「我女兒，全校第一！」

底下的留言當然都是陳媽媽的朋友，清一色是類似好厲害之類的留言，然而這樣的標記，不只有陳媽媽的朋友，就連陳純菲的朋友還有班上任何加了陳純菲好友的同學也都會看到。

可以想見的是，陳純菲一定備感壓力，不只是來自於母親這種強烈的期盼，還有來自於同儕眼光的壓力。

或許，這也多少說明了陳純菲在學校總是一個人最大的原因吧。

不可諱言的是，這樣的壓力也曾經重重地壓在曉潔身上。

雖然現在曉潔的雙親，已經因為工作的關係長期旅居海外，但是在過去幾年的光陰中，她也曾經因為擁有一對優秀的雙親，而在成績上有著沉重的壓力。

最後這樣的壓力好不容易有所減輕，但是過去的那段時間，還是對現在已經幾乎是完全自由的曉潔來說，留下一些陰影。

因此在學校，好幾次曉潔都想靠過去跟陳純菲好好聊聊，不過她也知道，現在情況已經不再是自己可以掌握的，誰知道這樣貿然過去，會不會刺激到那個跟在她身上的屍魂。

可是在兩人一連跟了幾天下來，都還是沒能找到任何相關的跡象，顯示陳媽媽的確如阿吉所料那般養著屍魂。

這幾天下來，陳媽媽幾乎都是簡單的採買一些東西後，就直接回家，實在看不出任何可疑的地方。

距離阿吉所說的十天之內，也越來越接近尾聲了。

而就在經過了一個周末，終於在周一放學之後，兩人一與阿賀交班，就從阿賀口中得到了不一樣的情報。

「終於找到了！」阿賀一臉興奮地說：「她剛剛才在香燭店買了一大包東西，然後又進去大賣場裡面，看樣子她今天應該會行動。」

不知道為什麼，聽到阿賀這麼說，曉潔心中有種莫名的哀傷。

或許在內心深處，她還是希望這一切只是阿吉多心吧？

兩人在跟阿賀換班之後，沒多久就看見陳媽媽手上提著好幾袋東西，從大賣場走出來。

兩人照著過去一個禮拜的慣例，繼續跟著陳媽媽。

這段時間裡面，為了不讓陳媽媽起疑，阿吉還特別去租車行，每天都租不同的車子，畢竟阿吉那輛紅色跑車實在太顯眼了。

才剛跟著陳媽媽的車子開不到幾條路口，就連曉潔都立刻察覺出今天情況有所不同。

因為就在剛剛，陳媽媽錯過了平常回家時會轉的彎，直直朝著未知的目標而去。

隨著眼前的景色越來越陌生，曉潔的臉色也跟著越來越沉重。

最後陳媽媽的車子離開了喧囂的市區，來到了一個樸實、寧靜的住宅區，在一棟老舊的社區大樓前停了下來。

只見陳媽媽從車上拿出那幾大袋，走入老舊的社區大樓。

阿吉將車子停在社區大樓的對面，稍微觀察一下，確定大樓裡面並沒有管理員之後，轉過來對曉潔說：「妳在這邊看著，注意是哪一戶亮燈，我進去看看。」

阿吉說完之後，立刻朝大樓過去，曉潔仰起頭來看，此刻才剛過晚餐時間，因此許多戶人家的窗戶都已經點亮了屋內的燈，不過仍然有幾戶人家還是暗的。

曉潔仰著頭仔細地看著那些窗戶還暗著的人家，約莫過了幾分鐘之後，一戶四樓的人家突然亮起燈來。

從時間看起來，四樓剛亮燈的那一戶，應該就是陳媽媽進去的地方，不過這還必須是在陳媽媽不是去拜訪友人之類的前提之下。

曉潔就這樣站在社區大樓的對面，一直仰著頭，直到脖子都痠了，也沒有其他戶有任何動靜。

就這樣過了十多分鐘，曉潔不免覺得不安起來。

畢竟自己這樣一直看著人家的住家，實在很可疑，加上阿吉跟進去之後，就再也沒有任何消息，不免讓曉潔也擔心起他的安危。

可是在這樣的情況之下，曉潔也不知道該如何是好，只好繼續在這邊看著大樓，等阿吉出來。

結果好不容易盼到了一個人影從大樓走出來，想不到出來的人不是阿吉，而是陳媽媽。

為了避免跟陳媽媽打照面，曉潔有點慌亂地趕忙找個可以遮蔽的地方，躲到了一旁平房的騎樓柱子後面。

等到曉潔躲好之後，探出頭來想要繼續觀察陳媽媽，卻已經不見陳媽媽的蹤跡。

不過詭異的事情是陳媽媽的車子還停在旁邊，只是卻完全看不到陳媽媽的人。

難道說，她又折返回去了嗎？阿吉人又死哪裡去了？按理說如果兩人還要繼續跟監陳媽媽的話，阿吉不是應該要比陳媽媽早出來比較妥當嗎？

可是不管怎麼看，都沒有看到陳媽媽的蹤影，就在曉潔還在四處張望，想要盡快找到陳媽媽的時候，曉潔的頭皮突然傳來一陣劇痛，整個頭髮被人扯了起來。

這突如其來的劇痛，讓曉潔又驚又慌，當然也叫了出來。

「啊！」

曉潔趕忙用手想要把頭髮抓回來，可是那扯的力道實在又大又快，曉潔根本搶不回自己的頭髮，整個人都被扯了過去。

這時候曉潔才終於看清楚那個一把扯住自己頭髮的人，正是自己跟阿吉這幾天都一直在跟監的陳媽媽。

陳媽媽扯著曉潔的頭髮，硬將曉潔從柱子後面拖出來，曉潔一時間沒有辦法抵抗，只能任憑陳媽媽將自己扯過來扯過去。

「妳這女人給我說清楚！」陳媽媽怒斥道：「為什麼一直偷偷跟著我？還有一個男的咧？你們跟蹤我那麼多天！到底有什麼企圖？」

被抓扯著頭髮的曉潔根本沒辦法回答，整個人只有不停地哀嚎求饒。

早就知道被人跟蹤的陳媽媽，這時好不容易有機會逮到其中一個人，當然不願意就這樣放手，在拉扯之間，她也看到了曉潔身上那熟悉的校服。

「妳跟我女兒同校？」陳媽媽更加激動：「給我說清楚！為什麼要跟著我！」

先別說曉潔現在已經慌亂到了一個極點，就算是不慌不亂的情況之下，曉潔也根本就沒料到陳媽媽會發現他們，更沒想到她竟然會突然襲擊自己，因此曉潔只能不斷地求饒道歉，希望陳媽媽可以放過自己。

慘了！會被殺！

完全失去理智的曉潔，大腦之中閃過了這樣的念頭。

「妳幹什麼！」阿吉的怒吼從不遠處傳了過來，聲音之大就好像是故意想要驚動全社區的人一樣。

眼看阿吉怒氣沖沖地衝過來，陳媽媽也有點怕了，不想正面跟阿吉衝突，畢竟阿吉的樣子看起來就像是個流氓痞子之類，不是什麼好惹的角色。

因此陳媽媽「嘖」的一聲，最後又是用力一扯，竟然直接扯掉了曉潔的一撮頭髮。被人一直扯來扯去的曉潔，這時突然失去了支撐力，整個人都被甩到了地上。

而陳媽媽這邊在阿吉趕過來之前，已經溜上了自己的車子，以最快的速度將車子開走。

「妳沒事吧？」趕到曉潔身旁的阿吉，一臉愧疚地說：「對不起，我失算了。」

又驚又痛的曉潔，只能不停地抱住自己的頭，淚水已經忍不住流了下來。

不管一旁的阿吉如何安慰，曉潔一時之間完全沒辦法冷靜下來，只能激動地啜泣著。

當然阿吉不會了解到，曉潔此刻的激動，不單單只是為了剛剛被陳媽媽突然襲擊。有更大的原因是剛剛陳媽媽扯著曉潔頭髮的那段時間裡面，有這麼一瞬間，曉潔看到了就在陳媽媽的肩頭，有一張恐怖駭人的臉孔，用怨恨的雙眼，直直地瞪著她。

或許就是因為那一瞬間，曉潔的腦海中才會閃過那樣的念頭。

這讓本來就驚恐不已的曉潔，更加被嚇壞了，因此即便陳媽媽已經駕車離去，曉潔仍然渾身不停地顫抖。

兩人就這樣一直待在路邊，過了好一陣子之後，曉潔的心情才慢慢平靜下來。

阿吉讓曉潔坐到車上，然後告訴曉潔自己還需要做一件事情，希望她可以在車上等一下，可是剛剛才被人襲擊的曉潔，說什麼也不想又獨自一個人留下來。

於是兩人一起回到了那棟老舊社區大樓的四樓其中一戶門前。

「這裡就是剛剛她進去的地方，」阿吉站在門前說：「帶著兩大袋的東西進去，然後空著手出來。」

阿吉一邊說著，一邊從口袋中拿出了一樣東西，曉潔一眼就認出來，那正是阿吉讓她拿去給陳純菲擦手的布。

阿吉將布包在鐵門的把手上，用力擦了過去，一打開布，只見布中央有一片烏漆抹黑的地方，就好像剛剛抹過機油一樣。

「現在該怎麼辦？」曉潔抽噎地問。

「還記得我跟妳說過的屍的專家嗎？」

曉潔點了點頭。

「……現在是找他的好時機了。」阿吉沉著臉說。

第4章．屍的專家

1

三十年前。

陳延生是一個剛成為正式醫生的有為青年，為了實現自己心中的理想，他自願前往偏遠地區服務。

一天，在陳延生服務的診所裡面，送來了一位昏迷的病患。

病患是名男性，送來的時候已經失去意識，昏迷指數非常不樂觀，因此陳延生也立刻建議要轉到其他大型醫院，進行比較完整的檢查，畢竟很多較重大的救治是地方小診所不可能進行的。

這名昏迷的病患有個外號叫做阿呆，這種偏鄉人口非常稀少，因此陳延生來這邊不到一個月，幾乎就已經認識了大半的村民。

然而，就在陳延生幫阿呆聯絡好其他醫院，正準備送過去的時候，阿呆的家屬卻突然趕到了診所，阻止了陳延生將阿呆轉診。

「什麼？」陳延生一臉難以置信地看著家屬：「你們知道你們在做什麼嗎？現在病患的情況已經非常危急了，如果不立刻進行精密的檢查——」

「陳醫生，」阿呆的爸爸打斷了陳延生說：「我知道你是為了我們家阿呆好，可是相信我們，他的情況……不是你想的那樣。他、他已經……死了。」

就在阿呆的爸爸這麼說的時候，身後阿呆的媽媽更是哭得聲嘶力竭。

「啊？」

陳延生完全不能理解阿呆爸爸的話，沒錯，阿呆此刻的情況是很危急，但現在就直接宣告死亡而放棄治療，也真的是太快了。

當然，當醫生的陳延生不可能這樣就放棄阿呆，他耐心地一再解釋，阿呆此刻的狀況，真的需要送往大型醫院去做檢查，一旦知道了病因，很有希望可以挽回一命。

陳延生甚至表明，如果是金錢方面有困難，他也可以幫忙。

可是不管陳延生怎麼說，阿呆的父母卻都堅持不願意讓阿呆轉院。

雖然就當時陳延生的資歷來說，不能算是見識廣博，但是像這種醫生拚命想要救，病患的家屬卻已經宣告病患死亡的情況，他不僅沒有遇過，就連想都沒有想過。

就在雙方僵持不下的時候，一個男人闖了進來，打斷了眾人的爭論。

「怎麼還沒搞定啊？」男人有點不耐煩地說：「時辰就快要過了，誤了這個時辰，就算是請神仙來也沒救了。」

聽到男人的這番話，陳延生還以為他是來幫自己勸說的，立刻點頭附和，對阿呆的父母說道：「就像這位先生說的，再拖下去恐怕就真的沒救了啊。」

豈料陳延生此話一出，不僅阿呆的父母愣了一下，就連那闖入的男人也瞪大了雙眼，一臉莫名地打量著陳延生。

看著身穿醫師袍的陳延生，男人突然頓悟似地指著陳延生的鼻子說：「我是在說你！」

這下反倒變成陳延生覺得莫名其妙了，轉頭看了看自己身邊，確定男人指的不是別人，而是自己，陳延生才露出一臉不敢置信的表情。

「你是這裡的醫生吧？」男人有些不耐煩地說：「我知道你有你的職責，不過現在情況已經很危急了，可以請你不要再妨礙我們，把他交給我們處理好嗎？」

既然已經知道情況危急了，還說醫生是在妨礙他們，這是哪門子的道理啊？

陳延生完全不了解這男人到底在說些什麼。

「陳醫生啊，」擔心雙方會起爭執的阿呆爸爸，趕緊上來緩頰說：「我們都知道你是認真盡責的好醫生，但是這次就請你放手讓張師父去處理吧。」

張師父？

聽到這樣的稱呼，陳延生直覺問道：「他是中醫師？」

像這種相信中醫勝過西醫的情況，即便在現代也不算罕見，更何況是三十年前，中醫及民俗療法甚至還比西醫盛行。

既然如此，陳延生也大概可以理解阿呆父母的心態了。

正當陳延生這麼想的時候，阿呆的爸爸卻搖搖頭說：「不，他是道士。」

「啊？」陳延生忍不住張大了嘴。

「聽不懂嗎？」張師父忍不住插嘴：「就是師公啦，師公。」

陳延生當然知道什麼是道士，只是他不敢相信，人都已經病危成這樣，而且也已經送到了醫院，竟然還是寧可相信道士，放棄治療。

看到陳延生那難以置信的表情，張師父搖了搖頭說：「唉，坦白跟他說不就得了。」阿呆的父母互看一眼之後，才由阿呆爸爸緩緩開口說道：「醫生啊，你也知道，有些事情……其實是看醫生也好不了的……」

陳延生知道阿呆的爸爸並不是在貶低醫生，事實上確實有很多疾病是醫學到現在都還無法突破的，許多不治之症至今依然存在，這也是醫學界必須努力的目標。

然而用這樣的理由拒絕治療，轉而求助道士，陳延生實在無法接受。

「現在我們都還不了解病患的狀況，又怎麼知道他的病是醫生醫不好的呢？」陳延生心急地說：「等送往大醫院，檢查結果出來，我們真的束手無策，那麼到時候你們再轉交給道士，我們也無話可說不是嗎？」

「啊？」張師父聞言張大了嘴說：「誰跟你不了解狀況了？我看狀況外的根本就只有你而已。」

被張師父這麼一刺激，年輕氣盛的陳延生也不甘示弱地反問：「那你倒是說說看，他得的是什麼病，該怎麼治療啊。」

「你知道阿呆最近去過哪些地方，碰過哪些東西嗎？」張師父說：「你有看到他衣服底下的那些斑跟膿瘡嗎？」

被張師父這麼一問，陳延生點頭也不是，搖頭也不是，因為他知道的只有一半。

在阿呆被送進醫院的時候，他有向送阿呆來的人做簡單的問診，大概知道他們在哪邊，什麼時候發現阿呆不對勁，但是對於阿呆最近去過的地方跟碰過的東西，陳延生都不清楚。

而衣服底下的皮膚狀況，陳延生也沒有掀開來檢查，因為光看阿呆的樣子就知道不妙，所以陳延生才會還沒有進行更進一步的診察，便積極地想幫阿呆轉診到大醫院。

「光憑這些症狀跟跡象，我就可以確定他的情況了，經驗比較老到的醫生說不定也略知一二，」張師父指著陳延生的鼻子說：「就你這初出茅廬的小鬼在那邊找麻煩。」

陳延生一臉心有不甘地瞪著張師父。

張師父晃了晃舉在空中的食指說：「他啊，包準是中了屍毒。」

屍毒？

雖然醫學上並沒有這個詞，但陳延生大概可以想像，所謂的屍毒，簡單來說應該就是指動物死亡後體內所殘留的毒素吧。

陳延生雖然不是毒物科的醫生，但他將屍毒認定為是醫學上食物或接觸性中毒的一種，因此依然堅持己見。

「就算是這樣，也不是全然沒藥可醫吧。」陳延生理直氣壯地說。

「唉，講到你懂，鬍鬚都打結了！」張師父不客氣地說：「你真以為你現在是在救人啊？再拖下去，你只會把他害得更慘而已。」

「不然你現在就在這邊救給我看啊，我們診所的醫療器材隨便你用。」陳延生回嗆道。

陳延生與張師父就這樣你一言我一語地吵了起來，引起診所內眾多病患與醫療人員的圍觀。

「你們冷靜點，不要這樣啦。」阿呆的爸爸極力緩頰。

就在這時候，張師父不知怎麼的，突然真的冷靜了下來，臉色凝重，不發一語地看著牆上的時鐘。

「怎樣？」陳延生見狀，反而警戒了起來：「你現在又想幹嘛？」

張師父沉吟了一會才緩緩開口：「……來不及了。」

聽到張師父這麼說，陳延生還一臉莫名其妙地愣在那裡，一旁阿呆的父母卻頓時哭成一團。

「是你！」阿呆的媽媽突然哭著對陳延生咆哮：「都是你害死我們家阿呆的！」

陳延生不解地看向負責照顧阿呆的護士，護士也是一臉疑惑地搖了搖頭，表示病房裡的阿呆目前還有生命跡象，不曉得阿呆的媽媽到底在說些什麼。

一會說阿呆已經死了，一會又說阿呆是被他害死的，但事實上阿呆到現在都還有呼吸心跳，這下陳延生真的是被搞糊塗了。

「別這樣，孩子的媽，」阿呆的爸爸安慰道：「張師父不是說了，阿呆本來就已經可以說是死了，這我們也早就有準備了，不能怪陳醫生……」

這到底是什麼跟什麼！

陳延生感覺自己腦袋都快炸開了，為什麼自己要救人，他們不給救，最後還要怪到他頭上來？

彷彿看穿了陳延生的不解，張師父向陳延生解釋道：「雖然昨天，他們把阿呆送去我那邊的時候，我就知道這孩子應該救不活了。不過如果是在剛剛的那個黃金時間，我覺得應該還是有那麼一點點機會可以拚拚看，所以我才會請他們到時候再把阿呆帶來給我作法。結果不知道怎麼搞的，時間到了竟然不是把阿呆送去我那邊，反而送到你們這邊來了。

唉，總之現在時辰也過了，他已經是不可能活下來了。」

荒謬，這真是太荒謬了！

陳延生感到憤憤不平。

擅自宣告別人的死亡也就算了，說什麼過了某個時間點就肯定救不活，然後就這麼放棄他，不管他的死活，這也真是太沒良心、太缺德了。

然而接下來的話，更是讓陳延生氣到快要腦中風。

「我看阿呆應該是熬不過今晚了，」張師父說：「我勸你們還是讓阿呆回去吧，因為一個沒弄好，阿呆就會屍變，到時候不管是大醫院還是小診所，那都是你們處理不來的。」

「什麼屍變……」陳延生不敢相信自己竟然會聽到這麼不科學的事情，沉著臉說：「不就是屍體變得冰冷、僵硬、長出屍斑。屍體的變化我們醫生看得比你們還多，不要想用那麼恐怖的說法來嚇唬人。」

陳延生是真的打從心裡感到氣憤，認為就是這樣的民俗信仰，嚴重打擊了現代醫學的進展，更是白白犧牲了許多原本可以拯救的性命。

只不過事情至此，已經引來了診所院長的關切，最後陳延生在院長的勸說之下，不得已才終於讓步。

畢竟病患或其家屬還是有權利選擇是否就醫，如果他們真的不願意，院方也不能強迫他們。

然而，熱血的陳延生還是一心掛念著阿呆，總覺得不能就這麼丟下他不管，因此晚上一下班，陳延生便立刻趕到阿呆家。

原本打算來探視阿呆的情況，順便為自己白天在醫院時有些比較失禮的言行而道歉，但是就在陳延生要敲門的時候，他聽到裡面傳來了一個熟悉的聲音。

那是張師父的聲音，他似乎正在跟阿呆的父母說些什麼，陳延生在門外聽得並不是很清楚。

發現張師父在阿呆家裡，陳延生立刻將懸在半空中準備敲門的手放了下來。有那傢伙在，難保事情不會又變得複雜難以收拾。

雖然不知道阿呆現在怎麼樣了，不過可以確定的是，他們一定沒有讓阿呆就醫。一股正義感油然而生，陳延生決定偷偷潛入，然後把阿呆帶出來送他去醫院。

阿呆家是一棟三層樓的透天厝，陳延生看見二樓窗戶開著，便想辦法爬到了二樓，從窗戶溜進去。

確定沒有人發現自己的行蹤之後，陳延生很快找到了同樣位於二樓，但被安置在最深處房間的阿呆。

房間裡，阿呆被放置在一個長長的木箱之中，乍看之下有點像是比較粗糙的自製棺材，但並沒有蓋上蓋子。而木箱的外面，則綑綁著一圈又一圈的紅色線繩。

木箱裡的阿呆，身上蓋著一件看起來不像是被子的黃色長布，只露出了一張慘白的臉。

雖然光看這個樣子，陳延生就已經心知不妙，但是因為紅繩的阻擋，讓他沒辦法確定阿呆的生死，因此陳延生決定先將紅繩解開來探探生命跡象。

如果阿呆還活著，那這樣的作法真的是太不人道了，他一定會想辦法帶阿呆出去就醫。但如果阿呆死了，從他們早就已經準備好棺材這點來看，陳延生認為他們根本打從一開始就打算見死不救，他會認真考慮要控告那個道士，不管用的是什麼理由。

陳延生將紅繩解開後，探了探阿呆的鼻息，已經沒了呼吸，接著又探了探阿呆的頸動脈，很明顯的也已經沒有脈動。

看樣子阿呆是真的死了……

可是從阿呆的臉看起來，感覺像是剛死不久，因此陳延生下意識地想要用胸外心臟按摩來搶救看看。

為了避免受到上面那層黃布的干擾，陳延生豪邁地將黃布給掀開。

這一掀，陳延生一看，整個人嚇到倒退了幾步之後，雙腿一軟，一屁股就這麼跌坐在地上，完全不敢相信自己的眼睛所見。

眼前的畫面，絕對可以用慘不忍睹來形容。

只見阿呆的軀體像是被腐蝕一樣，溶開了好幾個大洞，可以清楚地看見骨頭和內臟，有些地方甚至還能直接看透到他背上躺著的木板，而且骨頭也已經發黑，內臟幾乎都潰爛不全。

這到底是……

即便在讀醫學系的時候，就已經看過不少大體，但如此殘破不堪的屍體，陳延生還真是第一次看到。

陳延生完全沒有辦法想像，這段時間阿呆身上究竟發生了什麼事。

距離雙方在醫院爭執到現在，也才過了七、八個小時，就算阿呆一回到家就立刻斷了氣，屍體也不應該會變化成這副模樣才對啊。

看到這樣的慘狀，不要說當醫生的陳延生，就連小學生都知道，這絕對已經救不起來了。

陳延生在愣了好一會之後，決定先恢復原狀，把黃布蓋回去，並重新綁上紅繩再說。

陳延生轉過頭去，拾起剛剛被自己丟在地上的紅繩，然後從地上爬了起來。

就在這個時候，一個身影突然出現在陳延生的面前，並且直挺挺地站在那裡。

陳延生緩緩地抬起頭來，一看，那個站在自己面前的不是別人，正是應該已經往生，躺在粗製濫造棺材裡的阿呆。

事情來得太突然也太不可思議，陳延生的腦袋一片空白，一時之間竟然就這麼愣愣地站在原地看著阿呆。

沒有給陳延生太多發愣的時間，阿呆突然就這麼撲了過去。

轉眼間，阿呆僵硬的手已經緊緊地掐住了陳延生的脖子，陳延生這才清醒過來，死命抵抗想要掙脫。

這時阿呆突然張大了嘴，準備一口狠狠咬下去，陳延生見狀，趕緊拿起還握在手中的紅繩，兩手一拉，將紅繩打橫架在阿呆的口中，讓他沒辦法咬過來。

而不知怎麼的，紅繩這一架，阿呆竟突然鬆開了緊掐著陳延生的雙手，往後一退，看似痛苦地扭著頭。

陳延生立刻會意過來，這紅繩對阿呆似乎有什麼作用，因此更是緊緊拉著紅繩，作勢威脅阿呆不要靠過來，並且慢慢往房門口的方向退去。

一人一屍就這樣對峙了起來，但是陳延生卻還沒有頭緒，自己下一步到底該怎麼做。到底是自己趕緊離開要緊，還是要下樓去通知阿呆的父母，要他們快逃？通知阿呆父母的話，自己可沒有時間跟他們解釋為什麼他會出現在這裡，但如果只顧著自己逃的話，也真是太泯滅人性了，他實在做不到。

正當陳延生腦袋還一片混亂的時候，阿呆又攻了過來。只是這一次，阿呆並沒有直接朝著陳延生衝過來，而是用不知道哪來的怪力，將他身後的棺材一舉，往陳延生身上砸了過去。

就在棺材往陳延生身上飛去的同時，阿呆也立刻隨後衝了過來。為了閃避迎面而來的棺材，陳延生根本來不及拉紅繩，更躲不過緊接而來的阿呆，整個人就這麼被阿呆給撲倒在地。

阿呆一手又掐住了陳延生的脖子，另一手則高高舉起，面目扭曲地看著陳延生。陳延生這時才發現，阿呆的手不知道什麼時候長出了又尖又長的指甲，看起來就好像可以鑽破、挖取任何東西的感覺。

看樣子所謂的屍變是真實存在的，陳延生這時候才終於有了領悟，因為他即將面對的，很可能就是被那尖長的指甲給刺穿，最後死在屍變的阿呆手裡。

想不到這世界上會有這麼不科學的事情，這下可真的是開了眼界，現在遇到了這種事情，也只能說是自作孽不可活啊。

陳延生懊悔著自己的鐵齒，然後便放棄掙扎地閉上了雙眼，而阿呆高舉的手也趁機朝著陳延生的腹部刺了過去。

就在這個時候，突然砰的一聲，房間門被粗暴地打開。

原本以為自己死定了的陳延生，一張開眼睛，只見阿呆的手就定在距離自己肚子不到五公分的地方，無法動彈。

眼光順勢看上去，才發現阿呆的頭，這時已經被原本蓋在他身上的那條黃布給罩住了。

雖然不知道阿呆為什麼動彈不得，但陳延生還是可以聽到阿呆發出的細微嘶吼聲，看樣子阿呆還「活著」。

「硃繩呢？」

一個熟悉的聲音傳進了陳延生耳中。

依舊被阿呆壓在地上的陳延生，抬頭一看，果然是張師父。

原來張師父就是因為擔心阿呆屍變，才會待在阿呆家裡，在聽到二樓有異常動靜之後，趕緊上來查看，結果就看到了這樣的景象。

「那條綁在棺木上的繩子呢？」張師父又問了一次。

陳延生這才小心翼翼地挪出手來，將紅繩交給張師父。

才剛交出紅繩，阿呆突然又動了起來。

張師父見狀，立刻一腳往阿呆身上踢去，並且以有點像是金雞獨立的姿勢落地。

阿呆一被踢飛，陳延生不敢遲疑，立刻從地上爬起來，迅速溜到張師父身邊。

「張師父——」

陳延生才剛開口，立刻就被張師父打斷：「先別說那麼多，你先退開。」

張師父話一說完，也沒等陳延生反應，立刻往阿呆跑去，並且趁著阿呆還倒在地上，將紅繩纏繞在阿呆身上。

陳延生這時也聽從張師父的話，退到了房門口。

只見被紅繩纏住的阿呆拚命地掙扎，看起來反而變得更加凶惡的感覺，而這時候的張師父則在一旁踩起了奇怪的步伐，口中唸唸有詞。

就在阿呆掙脫紅繩之際，張師父大喝了一聲，與此同時用力地踩了地板一下，阿呆也在這時痛苦地跪地哀嚎，最後全身瞬間喪失氣力，整個癱倒在地一動也不動，回到了屍體狀態。

而在這之後，陳延生的人生也徹底改變了。

畢竟當時如果不是張師父緊急趕到，不計前嫌出手相救，陳延生恐怕也跟阿呆一樣，成為了殭屍。

後來陳延生得知，張師父是屬於一個神祕沒有名字的門派，而道上其他門派的道士，都稱之為鍾馗派。

對陳延生來說，那一天是他生命中的一個轉捩點。

他不再相信醫學會是了解這宇宙奧祕的唯一途徑，光是醫學應該最擅長的人體科學，都存在著他無法觸碰的領域，更何況是宇宙的奧祕。

在那之後的第二天，陳延生再次出現在張師父的面前，這一次，陳延生是自己主動找上門的。

陳延生向張師父表明，自己想要了解更多關於屍變的事情。

這個舉動改變了陳延生的一生，或許應該說，當時，當屍體站起來的時候，他的人生就已經徹底改變，並且永遠都沒有辦法回頭了。

畢竟，有些門一旦開啟，就永遠也關不起來了。

2

在么洞八廟裡面，阿吉與曉潔在等待著「屍的專家」的到來，阿吉也順便將這個日後成為「屍的專家」，陳延生的故事告訴了曉潔。

「然後，三十年後的今天，」阿吉仰著臉說：「就是妳現在看到的這樣，他成為了一個身兼道士與醫生兩職的特殊人物。不過在這一百零八種靈體之中，他最熟悉，研究也最深入的，就是屍的九種變化。因此，如果要說專家，他就是全台灣最權威的『屍的專家』。」

「等等，」其實在聽到一半時，曉潔就已經有點疑惑了，她皺著眉頭問道：「這個陳延生……該不會就是陳伯吧？」

「啊？」阿吉張大嘴說：「妳聽了那麼久才有這樣的領悟？不然妳以為是誰啊？」

「那你一開始就說陳伯不就好了！」曉潔攤開手說：「說什麼陳延生啊？」

阿吉還沒有回答，兩人身後就傳來一個熟悉的聲音。

「哇……我還真久沒有聽到人家這樣叫我的本名了。」

兩人一回頭，果然看到陳伯走了進來。

「對不起！陳伯，不是我，是阿吉他……」曉潔慌張地站起來，想要向陳伯解釋。

「呵呵，沒關係、沒關係。妳不用那麼緊張。」陳伯揮了揮手，要曉潔坐下，自己也找了張椅子坐下來問道：「這次阿吉你又遇到了什麼樣的麻煩啊？」

「你最熟悉不過的……屍。」

聽到阿吉這麼說，陳伯的臉一沉，長久以來的那種慈祥感全部消失得無影無蹤。

畢竟，屍對陳伯來說，是他踏入道士圈的關鍵，也是他最後淡出道士圈的關鍵。對他而言，屍就好像宿命一樣，纏繞著他的一生，當然這點對只知道前半段的曉潔來說，完全沒有辦法體會。

「什麼樣的屍？」

「目前還不確定。」

阿吉將至今為止，發生在陳純菲身上以及兩人在那之後，到殯儀館與跟監的事情，全部告訴了陳伯。

陳伯一臉嚴肅地將事情聽完之後，皺著眉頭沉思了好一陣子。

「你們會被發現，」陳伯對兩人說：「應該是因為那個陳媽媽身上，也有另外一隻屍魂。」

聽到陳伯這麼說，曉潔立刻聯想到被陳媽媽襲擊的時候，在肩頭上看到的那個恐怖臉孔，曉潔將陳媽媽扯自己頭髮時看到的這個景象，告訴了陳伯，但是陳伯卻把焦點放在不一樣的地方。

「她抓著妳的頭髮的時候，」陳伯看著曉潔的頭髮說：「有抓掉妳的頭髮嗎？」

「有。」曉潔幾乎可以說是不加思索就回答了出來。

畢竟不要說在拉扯的過程，光是最後阿吉趕過來的時候，那一下就讓曉潔差點以為自己的頭皮都要被扯掉了。

「那妳最近要特別小心了，」陳伯正色道：「只要有了妳的頭髮，她就可以讓那些屍魂來索妳的命。」

聽到陳伯這麼說，不只有曉潔一臉難看，就連一旁的阿吉也瞪大了雙眼。

「所以，」陳伯沉著臉說：「看樣子我們也已經沒有退路，不能不管了。」

「我本來就沒有打算放著不管，」阿吉皺著眉頭說：「畢竟那女人已經失心瘋了，她已經用屍魂殺過三個人了，就連只是喜歡陳純菲的男孩都不放過，真是太超過了。我看啊，她已經完全沒有人性了，人命對她來說已經沒有半點價值了。」

「不過那也不是她說殺就殺，」陳伯搖著頭說：「要用屍魂殺人，就需要作法。那不是一般人可以簡單做得到的，所以你那個學生的媽媽一定有人幫她。換句話說，她背後一定有個幫她作惡的道士或法師。」

「那我們現在該怎麼辦？」曉潔問。

「想要破除這樣的屍魂，」陳伯解釋道：「不是對人就是對屍，不過為了保險起見，我建議雙管齊下，一個去追人，一個去破屍。如果只追人不破屍，那麼人跑了，隨時都能重新開壇作法，如果只追屍不抓人，那麼只要再找到另外一具屍，一切又回到原點，兩者到頭來都可能只是拖延時間，不能算真正解決。」

「那麼我去追人，」阿吉說：「陳伯你去破屍，我們兩邊分頭進行，屍體所在的地方，葉曉潔可以帶你去，我們得要至少一個人跟著她，以防對方的法師下手，剛好她也知道屍體存放的地點，明天下課後，我們就分頭行動。」

陳伯點了點頭。

「既然妳很可能成為目標，」阿吉轉向曉潔說：「那麼我看，今晚妳就先留在么洞八廟過夜吧，我會請何嬤幫妳準備一個房間，一切還是小心為上。」

事到如今，曉潔似乎也沒有什麼可以選擇的餘地，只能點了點頭答道：「嗯。」

3

何嬤讓曉潔睡在當時徐馨住過的房間，那一晚，曉潔輾轉難眠，或許是因為自己可能成為對方的目標而感到不安，也或許是因為自己懷疑著阿吉，卻沒有辦法開口跟他說清楚而有點懊惱。

拜自己敏銳的觀察力所賜，曉潔從以前就沒辦法結交那些表面上好來好去，私底下卻勾心鬥角的朋友。

她討厭虛假的一切，或許，她更討厭的是容易揭穿虛假的一切的自己。

因此，在人生的不少階段之中，曉潔並不都像現在這樣，可以在學校成為風雲人物。

而透過這樣的觀察力，她非常清楚，就在剛剛與陳伯的討論之中，阿吉所流露出來的擔心，並不是虛假的。

他是真的擔心她有任何的不測……

越是有這樣的感覺，就越讓曉潔對自己懷疑阿吉的這件事情感到懊惱。

當然，會有這樣的懷疑，以目前的情況看起來，真的可以說是理所當然的。

仔細想想，一個傳奇道長的徒弟跑到學校擔任老師，而他所執教的班級，也一個接著一個發生必須要靠道士才能解決的事情。

這感覺就好像是動漫裡面的金田一或柯南，老是會遇到殺人事件一樣，但因為那是動漫，所以大家可以接受這樣的「巧合」。

如果現實生活之中有了這樣的巧合，不免會讓人懷疑起柯南或金田一吧？

不過如果這一切真的都不是巧合，而是有心人士的安排，那麼除了阿吉以外，還有誰會這樣無緣無故去集中攻擊一個女子高中班級裡的學生？

不，就算是阿吉，刻意製造危機來營造英雄救美的情況，也真的是太蠢了，還每次都把自己弄得傷痕累累。

真是蠢到了極點……如果真的是阿吉的話……

自責、懊惱、不安，負面的情緒在曉潔的心理糾結，讓這一晚特別難眠。

就在曉潔度過她人生在么洞八廟的第一個夜晚時，遠方陳純菲的家中，有一個人也跟曉潔一樣輾轉難眠。

陳媽媽躺在床上，回想起前不久前的衝突，讓她感到焦躁不安。

想不到竟然有跟女兒同校的同學，已經追到自己身邊了，這實在是讓人匪夷所思到了極點。

那小丫頭到底想要幹嘛？

陳媽媽想破了頭也想不到那小丫頭的動機是什麼，為什麼要跟著自己？難道懷疑自己養了那玩意？不可能吧？再怎麼說，自己已經萬分小心了，還特別去租了一間套房來供養，應該不可能露出任何破綻才對。

那丫頭跟蹤自己的原因，八成跟純菲有關。

不可否認的是，陳媽媽的確考慮過是不是該去學校好好教訓一下那個女學生。

但是最後，她還是決定放棄，因為她非常清楚，再過幾天，那個女學生就會因為意外而死亡，這時候如果自己針對她去學校吵的話，只會平白無故多惹嫌疑而已。

這讓陳媽媽不免又開始埋怨起這個世間了。

她不懂，為什麼這個世界上的所有人都要跟自己作對？

從自己的老公，到老公的一家子，工作的同事，乃至於在街上走的路人，陳媽媽總覺得好像所有人生下來就是要跟她作對一樣。

一想起這點，總是讓她有吐不完的苦水，說不完的怨懟。

可是，她也知道，這一切都已經是過去式了，自己不再是幾年前那個一切都逆來順受，只能當其他人出氣筒的可憐角色了。

現在的她，拒絕再當弱者，這是打從那男人遺棄了這個家之後，她就下定決心的事情。

因此，不管那丫頭的目的是什麼，她明天都會去找法師，把這個問題徹底解決。

第二天一大早，陳媽媽便打了通電話，約好時間。

本來還以為這會是順利的一天，但是陳媽媽的這一天過得並不順利，白天的時候工作方面出了些問題，搞得她一整天都忙得焦頭爛額，好不容易下了班，出公司的時候，還被一個冒失的男人給撞個正著，差點讓她跌了個四腳朝天。

「白癡！」一整天心情都不太好的陳媽媽當場痛斥那個冒失鬼。

「真是對不起！」那人拚了命地道歉。

陳媽媽原本還不打算放過他，如果不是跟法師約好了時間，她可能真的會將那個冒失鬼扭送警局。

不過因為趕時間的關係，陳媽媽也沒辦法多做停留，急忙地趕到了法師那邊。

這位廖師父是陳媽媽透過一個客戶認識的，在認識之初，陳媽媽就已經知道這位廖師父因為法力高強的關係，擁有很多客戶，因此不太常接見新客戶。

陳媽媽也是透過那一位客戶的關係，才勉強跟廖師父搭上線，最後還排了半年之久，才終於見到傳說中的廖師父。

不過這樣漫長的等待果然是值得的，因為廖師父是個具有真材實料的法師，與坊間那種裝神弄鬼的神棍，有著完全不同的功力。

在他的幫助之下，陳媽媽才得以佈出這樣的局，供養屍魂，不但讓自己的事業獲得極大的幫助，就連平常苦惱的女兒問題，也通通解決了。

陳媽媽也不吝嗇，將自己這段時間所賺到的錢，很大方的跟廖師父分享，因此陳媽媽也算是廖師父此刻一位相當重量級的客戶。

也正因為如此，陳媽媽才有辦法早上打通電話，傍晚就能見到廖師父。

才剛進門，陳媽媽立刻對廖師父訴苦，將自己被人跟蹤，而且那人還是女兒學校學生的事情，告訴了廖師父。

「可是，」年過半百的廖師父，皺著眉頭說：「我們上個禮拜還是上上禮拜，不是才處理過那個糾纏妳女兒的小夥子嗎？這麼短的時間……好嗎？」

「沒辦法啊，」陳媽媽攤著手說：「現在又不是我去找人家麻煩，是人家上門找我麻煩，廖師父你應該去跟那個丫頭說，不是跟我說啊。」

「也是。」廖師父點著頭說：「那麼就開壇吧。」

就這樣，那位丫頭也就是曉潔，被這兩個人用這麼荒唐的理由，宣判了死刑。

廖師父帶著陳媽媽來到了後堂，稍微準備一下之後，一場奪命的儀式就這樣展開了。

這樣的儀式幾個禮拜前才進行過，在那場儀式中，他們兩人決定了一個愛慕陳純菲的男孩沒有活下去的資格，這一次，他們要處理的是一個跟蹤陳媽媽的女孩。

沒有半點妥協的空間，也沒有半點憐憫的餘地，廖師父開始開壇作法。

廖師父口唸著咒語，手舞著桃木劍，繞著供桌進行著索命的儀式，進行到一半，廖師父朝著陳媽媽一伸手，陳媽媽熟練地將昨天就特別收好的髮束交到了廖師父的手中。

這撮髮束正是昨天在拉扯之中，陳媽媽從曉潔頭上硬扯下來的，有了這撮頭髮，就等於給了屍魂一個定位的系統，一切就像買凶殺人一樣。

「此髮之主，即為目標！」

廖師父將髮束在符咒上面畫了畫，然後將符咒拿起來貼在一個碗上。

「殺！」

廖師父一喝，將碗朝地上一砸，碗立刻碎裂開來，碗破人亡，按理說，曉潔將永遠看不到明天的太陽。

但是，廖師父愣愣地看著地上碎裂開來的碗，臉上露出了一抹狐疑的表情。

因為就在剛剛砸碗時，廖師父感覺到有點不對勁，按理說，號令一下，碗破人亡，與此同時他應該可以感覺到一股異動，那是長期修法之人才能感受到的，但是剛剛自己並沒有感受到那股異動。

這很可能意味著法術失靈了。

廖師父從來沒有遇過這樣的情況，側著頭說：「不可能啊。」

廖師父又拿來一個瓷碗，再次重複最後的幾個步驟，然後喝了一聲「殺！」，再把碗朝地上一砸。

就在廖師父這麼砸的同時，距離廖師父的住所至少有十多公里遠外的么洞八廟，裡面阿吉嘖了一聲之後說：「還來啊？」

阿吉所在的位置是么洞八廟的正殿，平常到了這個時候都已經上鎖的正殿，此刻卻是大門洞開，正殿之中，一張供桌擺在中間，阿吉換上了金黃色的道袍，正開著壇。

供桌上面放著一個盛滿水的碗，上面漂著一片浮葉，浮葉上面點著一盞燭火，眼看浮葉再次晃動起來，阿吉非常清楚，對方又再次施法了。

阿吉伸手拿起了一個貼有符籙的碗，喝了聲「解！」，然後跟廖師父一樣，將碗朝地上一砸，碗碎法破，這樣就算是又破了一次廖師父的法。

「看你碗多還是我碗多。」阿吉看著身後堆積到跟自己差不多高的碗，得意地笑著說：「今晚老子就跟你卯上了。」

回到廖師父的住所，感覺自己的法術又再度失效，廖師父的表情可以說是越來越扭曲。

看著眼前一地的瓷碗碎片，廖師父先是一臉不解，然後緩緩地將視線移到了陳媽媽身上。

「不對勁。」

廖師父打量著陳媽媽，此刻的陳媽媽一身便裝，也沒有多帶什麼東西，就只有一個隨身的包包，廖師父的眼光最後停留在陳媽媽的包包上面。

「包包我看。」廖師父指著包包說。

陳媽媽將包包交給了廖師父，廖師父將包包拿到了旁邊的桌子上，一股腦地將包包裡面的東西全部都倒出來。

這時一個東西很快吸引到了兩人注意，那是一張對摺到變成一小塊的黃色符籙。

「啊咧？」陳媽媽皺著眉頭說：「怎麼會有這個東西？」

廖師父將符籙攤開，拿到眼前一看，沉著臉緩緩轉過來看著陳媽媽。

陳媽媽先是搖搖頭，接著突然張大嘴巴地叫道：「啊！是那個無賴！一定是他趁撞倒我的時候，把這張符塞到我的包包裡！」

「可惡，」廖師父咬牙說：「這壇算是白開了，有他這張符，我們在這裡不管施什麼法，都會被引導到他開的壇那邊去。」

「那把符撕掉呢？」陳媽媽問。

「來不及了，」廖師父搖搖頭說：「壇已開，即便沒有這張符，效果也已經出來了。」

「那怎麼辦？」

「只能換個地方重新開壇，不然就是……」廖師父臉上浮現出一抹狠勁說：「把他鬥垮。」

廖師父想了一會，然後轉過頭來問陳媽媽：「妳說那女學生跟另外一個男人跟蹤妳到那個地方去了嗎？」

「嗯。」

「從這張符看起來，」廖師父歪著嘴說：「他們應該是衝著妳來的，不是跟妳女兒有什麼衝突。」

「什麼意思？」陳媽媽一時之間還轉不過來。

「哼，」廖師父冷哼了一聲說：「簡單來說就只是一個多管閒事的傢伙，既然被盯上了，不把他解決，不知道他會亂多少次。」

廖師父下定決心之後，重新走到供桌前，只是這一次，他不打算繼續施法讓屍魂去對付那個丫頭。

「呿，」廖師父深呼吸一口氣之後說：「竟然有膽跟老子鬥法，就看你有幾條命可以玩。」

廖師父說完將供桌上插著的旗子拿起來，在口中唸了唸咒文之後，向前一丟喝道：「上！」

與此同時，遠在么洞八廟的阿吉，一看到供桌上碗裡的浮葉動了起來，立刻伸手拿起身後的碗來。

「還真有耐性啊……」阿吉懶洋洋地笑著說，舉起手正準備將碗朝地上砸，結果碗還沒砸，那浮葉一翻，竟然整個倒轉，將上面的燭火淹沒在水中。

阿吉看著浮葉一愣，還來不及反應，一陣陰風迎面拂來，與這陣陰風同時襲來的，還有幾個目露凶光的陰魂夾在其中，一起朝阿吉撲了過來。

4

就在阿吉找人將符塞到陳媽媽包包裡面的時候，曉潔一下課就來到了么洞八廟，與在么洞八廟的陳伯會合，憑著曉潔的印象，兩人又再次來到了昨天那棟老舊大樓前面。

陳伯在附近找了幾家房仲業者，好不容易打聽到那一戶的房東，房東是位中年婦人，也住在那一棟大樓裡面，因此陳伯立刻跟房東聯絡。

曉潔雖然不知道陳伯到底用什麼樣的藉口說服房東幫兩人開門，但是在經過陳伯與房東溝通之後，房東還是決定幫兩人開門，讓他們可以進去屋裡面瞧瞧。

「絕對不能亂碰裡面的東西喔。」房東在開門之前這樣告誡兩人，然後再轉身開門的時候，又哭喪著一張臉喃喃自語道：「唉唷，怎麼又發生這種事情？」

「又」發生？

雖然曉潔心中浮現出這樣的疑惑，看向陳伯，可是陳伯卻沒有特別在意的樣子，因此曉潔這邊也不方便對此提出任何的疑問。

兩人跟著房東，打開了大門，才剛打開大門，就聞到了一股詭異的氣味。

房東熟練地打開了玄關的燈，從玄關看起來沒有什麼異樣，甚至還有種典雅的感覺。

玄關旁邊有扇窗戶，正對著街上，相信那天曉潔從街上向上看的時候，看到的就是這扇窗吧？

想到這裡，曉潔腦海裡面不自覺地浮現出陳媽媽買著大包小包的東西，提進這間屋內的畫面。

玄關通往客廳的入口處掛著一道門簾，陳伯走進門簾內，立刻開口說道：「好暗。」

房東與曉潔兩人跟進去，也的確有這樣的感覺。

由於門簾擋住了玄關的燈光，因此剛從明亮的玄關走入昏暗的客廳，眼睛難免不適應這樣的黑暗，即便如此，曉潔還是覺得有點不太對勁。

此刻雖然已經入夜了，但是這樣的黑暗也的確不太尋常。

再怎麼說，也應該有點路燈或玄關電燈的光線吧？就連剛剛從外面踏入玄關也沒有這麼暗。

「等等，」房東說：「我找一下電燈的開關。」

等了一會之後，房東打開了電燈開關。

一打開電燈，不只有陳伯與曉潔，就連房東也倒抽一口氣。

只見整間屋內，全部都是暗紅色的一片。

三人一陣驚慌之下，最後才終於看清楚，原來是陳媽媽在電燈上面動了手腳，用紅色的玻璃紙包著電燈，因此才會打開燈光竟然是血紅色般的光線。

「這……」對於眼前的景象，房東驚訝到啞口無言。

同樣震驚的除了房東之外，就連經驗老到的陳伯也不免皺起了眉頭。從陳伯臉上深刻的表情，曉潔也知道恐怕事情真如阿吉所預料的那樣，陳媽媽的確在這間屋子裡面養了屍。

「窗戶被封死了。」陳伯指著窗戶說。

房東跟曉潔一起看過去，只見每一扇窗戶都被封上了厚紙板，因此剛剛進來的時候，房間才會如此昏暗。

這時曉潔也才想到，自己當時在樓下觀望的時候，也只有看到一扇窗戶亮燈，估計應該就是玄關那一扇，不然曉潔恐怕在那一天就會看到透出紅光的其他房間。

房東的臉色鐵青到不行，在紅色燈光的照射之下，反而更加增添了些許恐怖的色彩。

陳伯的臉色也不好看，在客廳繞了一圈的他，很快就發現從進入客廳之後一直到裡面的主臥室，所有的燈光都被包上了紅色的玻璃紙，窗戶也都被紙板封住，最後陳伯的目光注視著客廳延伸出去的走廊深處，那扇通往內室的房門。

其實完全不需要進去內室，光是看這燈光與窗戶，也知道裡面很有問題。

「房東太太，」陳伯轉向房東說：「我看妳最好報警處理，不過在報警之前，這裡的事情先讓我們來處理吧。妳也不希望這件事情曝光吧？如果不處理好，妳這間房子恐怕這輩子再也沒人敢租了。」

雖然從目前看到的景象來說，就算不交給陳伯與警察處理，最後房東也是會跟陳媽媽解約，不過聽到陳伯這麼說，房東還是有點猶豫，畢竟如果陳伯是什麼宵小的話，那麼就算要跟陳媽媽解約，房東自己可能也會惹上一點麻煩。

「當然如果妳不願意的話，那我也無所謂。」陳伯聳聳肩，作勢就要朝門口走。

看到陳伯這樣，房東當下不再猶豫，立刻拉住陳伯的手說：

「不，大師，就拜託你了。」

如果在平常，或許看到房東這樣，曉潔會覺得有點好笑，但是在這種紅色燈光與恐怖氣氛之下，曉潔可是一點也笑不出來。

「那麼房東太太，請妳先退到玄關去，」陳伯裝模作樣地說：「我跟我的助手需要先看一下，然後再決定要怎麼做。」

都到了這種時候，房東也只能照陳伯所說的做，退到玄關。

等房東回到玄關之後，陳伯用眼神示意曉潔要進去內室。

曉潔跟著陳伯走到內室的門前，打開內室的門並且將那同樣是紅色的燈光打開之後，雖然已經有了心理準備，但是看到眼前的景象，還是讓曉潔的心跳漏了好幾拍。

只見原本應該有著睡床的臥房，已經沒有任何可以將之稱為臥室的家具了。

在房間的中央，怵目驚心地懸吊著一副透明的棺材，棺材之中躺著一個成年男子的屍體，屍體泡在不明的液體之中，看起來就好像醫院裡面的那種福馬林。

棺材底下的地板，有幾根燒過的紅色蠟燭，排列成一種奇怪的圖案。而在圖案的外圍，擺著三個盤子，盤子裡面放著不同的肉品。

而在男性屍體的腳底那端，擺著一張供桌，上面供奉著各式各樣的水果。

面對這宛如邪教電影裡面才有的景象，曉潔真是看傻了眼，連嘴巴都合不起來。

而被阿吉稱為「屍的專家」的陳伯，雖然見識廣闊，臉上也露出了驚訝不已的神情。

「太瘋狂了！這真是太瘋狂了！」陳伯繞著棺材喃喃地說道。

看到陳伯的模樣，讓曉潔有點不寒而慄。

不過曉潔終究算是外行，因此也只能看著陳伯，盼望陳伯可以解釋。

「懸棺養屍、三牲鎮底、七果為供，」陳伯一邊說一邊指著對應的物品：「然後竟然是用成人的大體，這實在太瘋狂了！」

即便陳伯這麼說，對曉潔這個「屍的完全外行人」來說，一點幫助也沒有，只能在旁邊乾著急。

好不容易陳伯才注意到曉潔那張疑惑的臉，這才稍微冷靜下來，跟曉潔解釋。

「一般來說，」陳伯說：「想要養屍，都會選擇嬰屍。因為嬰靈比較容易控制，危險性也相對比較低，即便是完全沒有法力道行的人，只要遵照著指示，就不至於出太大的亂子。但是像這樣成人的大體，就不是我所知道的一般法師能辦到的了。我曾經在七、八年前，遇到過比較惡毒的法師，用少年的大體養屍，那已經是我所見過的極限了。像這樣敢用成年人大體的，先不要論道德，光是就法力道行來說，在我所認識的所有法師之中，說不定只有已經往生的么洞八道長有能力做出這樣的事情，不過呂偉道長一向正派，當然不可能這麼做。但是最讓我訝異的地方，是……」

陳伯沉吟了一會之後，才轉過來一一跟曉潔解釋。

「養屍有完全不同的方法，」陳伯說：「簡單來說，可以分成三種，一種是風水養屍，一種是術養屍，最後一種是陣養屍。一般來說，只要看了養屍的方法，大概就可以知道對方的來歷，是東南亞的巫術養屍，還是我們傳統中華的茅山養屍，又或是利用風水格局來養屍。可是……從這樣的陣式，我真的沒辦法確定對手的來頭。簡單來說，三牲鎮底，是我們鍾馗派才知道的養屍法，但懸棺養屍卻是風水師的專長，而七果之供則是茅山術的基本。當然這裡面還有許多眉眉角角，但光是從這樣的佈陣，我想對手很可能是集各家大成於一身的恐怖對手。」

陳伯說完之後，抿著嘴手扶著下巴，過了一會之後才搖搖頭說：「我……不確定我破不破得了這屍，打個電話給阿吉，要他先收手。」

「收手？」

「嗯，」陳伯痛苦地點了點頭說：「不然我也不知道該怎麼辦才好，畢竟硬要破的話會有很大的風險，萬一一個弄不好，可能會連累到阿吉那邊。所以先收手，多蒐集一點對手的資料，會比較保險一點。」

看著眼前這高深的佈陣，讓陳伯不解到了極點，轉過頭來對著曉潔說：「為什麼……為什麼阿吉跟妳們班上會遇到這樣的事情？」

這個問題，曉潔也非常想要知道答案，她甚至就是為了追求這個答案，今天才會被捲入這場風暴之中。

「先打電話給阿吉，快！」

曉潔立刻拿出自己的手機，打了通電話給阿吉，但是電話卻沒能接通。

「不行，阿吉電話不通。」

聽到曉潔這麼說，陳伯又再度沉下了臉，考慮了好一會。

「那就沒辦法了，」陳伯一臉嚴肅地說：「就算硬幹，也得試試看了。」

第5章・鬥法

1

對一個以跳鍾馗當作基本功的鍾馗派法師來說，在跳鍾馗的時候，最重要的就是不能破梗，戲不能穿幫。

因此就算在科技日新月異，人人隨身帶著一支手機的這個年代，開壇作法不管要不要跳鍾馗，身為鍾馗派的法師，都會把手機關機。

畢竟，場子都需要特別清了，手機當然更是嚴禁。

因此早就找人去偷塞鬥法符的阿吉，更是還沒開壇就已經把手機關機了。

陳伯那邊完全聯絡不到阿吉，只能硬著頭皮破屍，而阿吉這邊本來只是打算跟對方拖延，盡可能破壞對方的咒法，卻想不到才互相交手兩次，對方竟然就這樣強行攻了過來。

想不到對方竟然會突然發動攻勢，讓阿吉一時之間有點手忙腳亂。

不過阿吉終究還是跟著么洞八道長多年，這點變化還不至於動搖到阿吉。

一感覺到對方有所變化，阿吉一手將碗上的符籙撕下來，一手抓起放在供桌上面的米酒，接著將符籙放到桌上點著的燭火上，另一手的米酒仰頭就是一口。

符籙燒起來之後，阿吉拿到嘴前，將剛剛含在嘴裡的米酒，對著符籙上的火源用力一噴，高濃度的米酒一遇火立刻化為一道火柱，將那些迎面而來的陰魂全部消滅殆盡。

「這實在是太小家子氣了。」一面對對方的這一手，阿吉冷冷地笑了。

雖然說阿吉過去從來不曾像這樣跟法師交手，但是在跟隨師父的這些年來，常常都會遇到一些不學好的法師，利用各種奇門遁甲之術來謀取私利，因此對於鬥法阿吉可是一點也不陌生。

差別只在過去的阿吉是從旁協助呂偉道長，現在則必須由自己親自上陣。

就在阿吉化解了廖師父這一波攻勢的同時，遠在住所之中開壇的廖師父，胸口就好像被人重重地搥了一拳一樣，被震退了一步。

這一下雖然有點悶痛，但是還不算大礙，畢竟一開始的這一手，只是在試試對手而已。想不到對方還真有點本事。

廖師父冷冷地笑了一聲，然後淡淡地說：「哼，鍾馗派的。」

陳媽媽完全不知道眼前到底是什麼情況，只能在旁邊乾著急。

不過廖師父挑了挑眉，對陳媽媽示意自己沒事之後，臉上掛著一抹自信的笑容，重新站到了壇前。

「既然是鍾馗派的話，」廖師父雙眼閃耀著自信的光芒說道：「就是七星燈囉。」

另一方面，在么洞八廟前的阿吉緊緊盯著那已經被自己重新擺好，漂在碗裡的浮葉，卻遲遲等不到對方再次出手，不免心中狐疑了起來。

對方該不會這樣就放棄了吧？

就在阿吉這麼想的時候，浮葉又開始有了動靜，先是一陣輕微的晃動之後，竟然一整個沉入水中。

阿吉先是一愣，然後突然一個轉身，內心卻是大喊不妙。對方這次竟然會朝著自己身後點起的七星燈而來，表示對方光憑剛剛那一手，就已經知道自己是鍾馗派的了。

這可讓阿吉大感震驚，也感覺到對手真的非同小可。

廖師父這邊，陳媽媽只見廖師父一會丟旗，一會又在那邊燒符，看半天也看不出個所以然。

「鍾馗派的傢伙，」廖師父得意地向陳媽媽說：「就我所知，鬥法遇到像我這樣的法師，就是必須得要跳猴戲。他們鍾馗派的人，成也猴戲，敗也猴戲。那就讓我看看，你如何一邊跳猴戲，一邊擋住我兵分兩路的攻勢。」

最後一句話，很明顯廖師父的「你」指的是對手阿吉。

當然，陳媽媽不可能懂什麼鍾馗派，什麼跳猴戲的。

可是如果這時有個鍾馗派的師父在旁，肯定會被這席話嚇得一身冷汗。

當然就更深入一點來說，比起茅山、奇門遁甲之術，鍾馗派的一切，源自於口訣，也終於口訣。

他們沒有什麼法力，更沒有什麼奇術，有的只有老祖師爺鍾馗所留下來的祕訣。

也就是因為這個緣故，跳鍾馗不需要太多法力與修行，任何人只要一學會腳步跟祕訣就可以跳，效果基本上都不會太差，可以說是一個門檻不算高的基本功。

雖然說那些流傳下來的口訣，其中也包含了許多像是一般道士所會的鬥法跟開壇作法之類的，但是本身沒有修行法術的先天不良，再加上這些口訣本都是用來降妖伏魔之類的後天不足，讓鍾馗派的法師在鬥法時最不利的地方，就是法力、招式沒有人家強，也沒有人家多。

到頭來幾乎都是靠著跳鍾馗，硬撐過許多危機。

因此廖師父這樣一語道破鍾馗派的門道，的確說明了廖師父對於鍾馗派的了解。

只是了解是一回事，真正讓阿吉震驚的是，廖師父所採取的動作。

因為阿吉作夢也沒想到對方竟然在試探過後，就朝自己的要害而來，不但讓阿吉有點手足無措，更讓阿吉感覺到事態嚴重。

要知道，這種鬥法可大可小，它可以是兩個同門師兄弟之間的切磋，也可以是兩個世仇之間的血鬥。

一般來說，大部分的法師、道士都是受人所託、替人辦事，既然是受人所託，自然也是量力而為，不見得會以性命相拚，不然每一次都以命相搏，有再多條命也不夠用。

因此像這樣一來就下重手的情況，可以說是少之又少。

畢竟，誰也不想為了一件事不關己的事情拚上性命吧？

然而，此刻對方既然朝著七星燈而來，也就意味著，這場鬥法雙方已經沒有善了的可能。

一旦被對方熄了七星燈，那麼阿吉也可以算是任人宰割了，到時候就算對方的法師想放自己一條生路，那些被招喚來的天兵天將也不見得會放過阿吉。

因此，阿吉也沒有別的辦法，只能選擇予以反擊，完全沒有可以轉圜的餘地。

雙方至此之後，便是一陣血鬥，直到有人受到重創為止。

這就是對方攻擊七星燈，唯一的代價。

原本從對方幾波的攻擊看起來，阿吉壓根不認為對方是什麼來頭很大的法師，因此並沒有太認真，但是現在對方卻非常清楚且了解鍾馗派的一切，並且一開始就把鬥法朝著死裡打，這讓阿吉感到莫名其妙。

阿吉不敢大意，向後一退的同時，順手拿起了放在供桌旁的箱子，熟練地將它打開，伸手一探，將裡面的東西拿出來。

就在這時，一群天兵天將已經從大廳的左邊衝了進來，阿吉向上一迎，剛剛從箱子裡面拿出來的東西，也正是阿吉此刻手上的戲偶，立刻手舞足蹈了起來。

至此，一切都正如廖師父所預料的一般，一旦被逼到了絕境，鍾馗派的師父橫豎就是這一招，跳鍾馗。

雖然判別門派對很多經驗老到的師父來說，是輕而易舉的事情，但是就好像隔行如隔山，別說不同派別的，就算是同屬鍾馗派的北派和南派，在對應許多事情方面，都有不同的手法與細節。

也因此要在只過過一次招，這麼短的時間內就確定對方的門派，其實並不是件容易的事情，然而廖師父卻很清楚阿吉的門派，可見他的資歷與實力之深厚。

就在阿吉好不容易穩住了左側這邊的天兵天將，這時另外一隊人馬竟然從右側衝了過來，目標更是對準了七星燈。

這樣兵分兩路的手法，一邊將阿吉逼到得用跳鍾馗來對付，另外一邊趁隙對七星燈下手，就好像下棋中的將軍抽車一樣。

一旦阿吉顧了跳鍾馗，就會失了七星燈，鬥法肯定拚不過廖師父。

而如果顧了七星燈，跳鍾馗肯定會破梗，這戲就說什麼也唱不下去了，那麼任何一路的天兵天將都可以輕鬆解決掉阿吉。

像這樣兵分兩路，完全就是用來對付鍾馗派的道長，勢必要讓他們顧此失彼。

如果在平常，這樣的戰術的確可以讓任何鍾馗派的道長都因為手忙腳亂而陷入危機。

廖師父臉上那抹得意的笑容，也正說明了他非常清楚這一點。

但是，人算不如天算，他碰上了鍾馗派唯一一個，可以單手操偶的阿吉。

阿吉一手操偶一手拿劍，僅用單手就讓這戲硬是唱了下去，而另一隻手則揮舞著桃木劍，將那些想要攻擊七星燈的鬼魂給逼退。

單手操偶雖然難度很高，要是一個不小心，很容易出亂子，但是對阿吉這種可以雙手三偶的人來說，這可以說是基本中的基本。

雖然阿吉還算是輕鬆對應對方這樣的兵分兩路，但這時就算是阿吉也不願意一直維持這樣的狀況。

因此阿吉反客為主，先是慢慢向七星燈靠近，然後像牧羊人一樣，將那些對準七星燈的鬼魂，全部通通趕在一起。

除了兵分兩路卻好死不死遇上阿吉這種可以單手操偶的人，失去了一大半的效果之外，另一個可以算是廖師父比較倒楣的地方是，這一次阿吉用了自己的本命鍾馗，也就是鍾馗派師父們口中津津樂道的刀疤鍾馗。

這尊連阿吉都佩服，國寶級師傅嘔心瀝血的刀疤鍾馗，具有其他鍾馗戲偶無法望其項背的靈氣，腳下的七星步踩得虎虎生風，絲毫沒有半點拖泥帶水。

也正因為如此，所有廖師父借調來的天兵天將，完全沒辦法輕舉妄動，都被壓制在刀疤鍾馗的前面。

阿吉就這樣用一手操偶，一手持劍，硬是將兩路人馬逼到同一邊。

這恐怕是廖師父沒能親眼見到，打死他都不會相信的事情。

好不容易將兩路人馬集中之後，阿吉暫時把桃木劍放下，從懷中掏出一張符，在後面蘸了點口水，貼在桃木劍上，然後用桃木劍在地板上畫了畫之後，刀鋒一轉，符就這樣平穩地貼在地上。

阿吉放下手上的劍，晃動了一下手上的線，與刀疤鍾馗同時擺出了魁星踢斗的姿勢。

一腳踏下的同時，阿吉喝道：「收！」

簡單有力的一個字，便將所有天兵天將都收入符中。

在將天兵天將收入符中之後，阿吉將刀疤鍾馗放在桌子上，然後將符從地板撿起來放在桌上。

一切都已經結束了，這場雖然短暫，但也算是阿吉人生中最驚心動魄的第一次鬥法。

阿吉手握著拳頭，然後伸到嘴前呼了口氣。

「自作孽！」阿吉斥道。

與此同時，阿吉拳頭用力朝著桌上的符打下去，這一拳打下去，等於把所有的功力，都加倍奉還給廖師父。

廖師父只覺得眼前一黑，剛剛派出去的所有天兵天將，這下子全部都一股腦地被打了回來，那股力道集中在一起，打上了廖師父的胸口，讓廖師父整個人都彈飛，重重地撞在牆上。

這一下來得十分突然，就連廖師父都沒料到對方不但沒有手忙腳亂，還在那麼短的時間之內，就讓自己徹底陰溝裡翻船。

「嗚啊」的一聲，一大口鮮血就這樣從廖師父的口中吐了出來。

陳媽媽更是沒有心理準備，只見廖師父前一秒臉上還浮現出得意的表情，下一秒竟然就好像被車子撞飛般，撞上牆壁，讓她整個人都嚇到跳了起來。

陳媽媽先是愣在原地好一陣子，才回過神來跑到廖師父的跟前。

「我不行了，」廖師父一臉痛苦，嘴角還流著血地說：「他破了我的法……我沒救了。」

陳媽媽根本不知道發生什麼事情，聽到廖師父這麼說，也只能臉色慘白地看著他。

「別怕，」廖師父臉上勉強擠出一抹苦笑地說：「我們還有兩個保險，至少可以拖他們的人下水。」

「你先別亂動，」陳媽媽一臉慌張地說：「我、我先幫你叫救護車。」

「沒用了，」廖師父慘然地搖搖頭說：「去找我師父，這仇我們一定要報，快走！」

陳媽媽驚魂未定，但是聽到廖師父這麼說，一時之間也不知道該怎麼辦才好，只好先聽廖師父的話，轉身離開。

關上門，不知道事情已經到了無法挽回的地步的陳媽媽，還心想著有那麼嚴重嗎？雖然那一下撞得不輕，但是應該不至於到沒救的地步吧？

可能是因為廖師父愛面子，不願意讓人看到自己落敗的狼狽樣，才故意這樣說吧？

就在陳媽媽這麼想的同時，身後的房內突然傳來一陣淒厲的慘叫聲，那聲音之悽慘，讓陳媽媽不但一連退了好幾步，甚至還整個人跌坐在地板上。

想當然耳，那正是廖師父的聲音。

而在慘叫聲過後，有一陣不知道什麼發出來的聲音，聽起來刺耳又駭人，感覺好像有些東西碎裂開來，又好像有爪子在地板上刮的聲音，各種刺耳、讓人會起雞皮疙瘩的聲音混雜在一起，聽起來更加駭人。

過了好一陣子之後，那吵雜的聲音才緩緩平息。

可是陳媽媽仍然雙腳無力地坐倒在地上，回過神來時已經又過了一段時間。

「廖師父？」陳媽媽對著門裡面試探性地喊了一聲。

房間裡面卻是一片死寂，沒有了剛剛那些吵雜的聲音之後，反而有種更加強烈的對比。

陳媽媽萬分猶豫是該起身去看看廖師父的情況，還是趕緊低頭衝出這個地方，逃得越遠越好。

經過掙扎，陳媽媽還是決定看看廖師父的情況。

她靠近門邊，再次對門裡面叫道：「廖師父，你沒事吧？」

但是回應她的仍然是房間內的一片死寂。

最後，陳媽媽鼓起了勇氣打開房門，一推開來，陳媽媽的嘴巴立刻發出不亞於剛剛廖師父的慘叫聲。

整個房間根本就是個屠宰場，血塊肉泥噴灑得到處都是，如果不是地上那顆剩下半邊的頭顱，陳媽媽根本找不到任何可以辨識廖師父的痕跡。

當然，陳媽媽完全不能想像，就在她剛剛走出門，還覺得廖師父小題大作的時候，廖師父自己眼前所看到的影像。

事實上，靠屍魂作惡之人，在功力喪失的時候，過去所行之惡，都會在此刻全部奉還回自己的身上。

然而，為了自己的私利，甚至只是可以過上一段時間的好日子，願意用不得好死來兌換的人，還是前仆後繼。

陳媽媽與廖師父不是第一個，當然也絕對不會是最後一個。

么洞八廟裡面的阿吉，拳頭滲出了血，就連紮實的木桌，都被他剛剛那一拳打凹了一整塊。

對阿吉來說，他從來沒有這樣鬥過法，過去的他，總是看著自己的師父佔盡上風的模樣，但是今天，自己親自上陣的結果，卻遇到這種打一開始就以性命相拚的對手。是自己修行不足讓人覺得好欺負？還是對手對自己太有自信？阿吉不知道。

但是第一次鬥法就遇到下手這麼猛的，也實在讓阿吉的心情難以平復。

阿吉當然知道這一拳下去非同小可，光是那些天兵天將的反噬，就夠對方法師受的了，恐怕不死也是半條命。

但是隨後而至的，那些曾經在他控制底下的屍魂，脫離了控制之後要怎麼對他，那就要看個人造化了。

像他們那種養屍的人，多半根本不需要等到鬥法失利，也會因為屍魂的力量增強，再也控制不了，因而遭到更慘烈的反噬。

這點阿吉非常清楚，因此，這拳也揮得非常沉重。

不過，像這樣在鬥法之中，讓對方自生自滅，對阿吉來說還是第一次的體驗。

「還真不是普通的痛啊……」看著自己滲血的拳頭，阿吉喃喃地說。

2

以陳伯告訴曉潔的那三種屍靈分類來說，單就破屍這一個部分，最困難的要算風水養屍。

比起佈陣或術，風水養屍是以屍為主，有些甚至直接讓屍體屍變，形成大家平常在電影或者民俗怪談之中所見的殭屍。

這樣以屍為主的風水養屍，大體本身就會是一個威脅，如果沒有處理好，可能引發更糟糕的情況。

不過如果是論控制屍魂的力量，風水養屍就遠遠不如另外兩種。

也因此整體來說，一旦破了屍，風水養的屍大致上就沒有多少威脅了，不像另外兩種還能進行移轉，繼續危害人間。

但是此刻陳伯必須面對的是三種方法都用的養屍大體，一時之間還真不知道該如何下手。

這讓陳伯不禁聯想到，先前阿吉的另外一個學生，也遇到天煞、地煞、人煞，三煞合一的情況，雖然實際上那個學生是如何中煞的，陳伯並不知道，但是煞也跟眼前的情況有點像，有各種形成的狀況與原因，這讓陳伯不禁產生出一個疑惑。

三煞合一會不會也跟眼前這個狀況一樣，是混雜了各家大成而形成的一個陷阱呢？如果真的是這樣的話，到底是什麼樣的人，一直在針對阿吉班上的那些小女生？這麼做到底意義又在哪裡呢？

雖然心中不免產生這樣的疑惑，但是陳伯也知道，這些事情終究還是要等眼前破屍完過後，才有時間慢慢考慮。

陳伯打算先從他們的風水局開始破起，一旦可以破局，就可以接著破陣，最後術少了這兩個屏障之後，相對應該也比較容易破解。

陳伯直接利用那個擺在棺材末端的供桌開起壇來，手拿著羅盤，開始一一找尋出關鍵點所在的方位。

在起壇之後，陳伯要曉潔將注意力集中在透明棺材中的大體，一旦大體有了什麼變化，要立刻告訴他。

曉潔聽了不禁有點哭笑不得，回顧這幾個禮拜，怎麼自己老是得要注意大體的變化。不過看到眼前緊張的氣氛，曉潔也沒機會提出什麼異議，只能照著陳伯所說的去做，雙眼緊緊盯著那個透明棺材中的大體。

那是一個男子的大體，全身赤裸漂浮在略帶點淡黃色的液體之中，說是漂浮，不如說是浸泡，他既沒有沉到棺底，也沒有漂到棺頂，就在棺材的中央，呈現著不上不下、完全靜止不動的狀態。

曉潔就這樣緊緊地盯著動也不動的大體，陳伯拿著羅盤一一找尋著方位，每找到一個方位，就貼上一張符。

雙方就這樣各司其職過了一段時間，突然一直靜止不動的大體有了些變化。

「動、動、動、動了！」曉潔指著透明棺材叫道。

陳伯聽了立刻轉過頭來一看，只見原本應該卡在中間不上不下的大體，這時已經漂浮到棺頂，頂著上面的棺材板。

陳伯見狀立刻從桌上一手抄起了桃木劍，另一隻手拿著符籙，衝到了曉潔前面，橫劍守護著曉潔。

曉潔完全不知道為什麼陳伯會有這樣的舉動，一時之間也有點手足無措，只能站在陳伯後面，跟陳伯一起掃視著屋內的所有一切。

「大體一浮，」陳伯向曉潔解釋道：「代表屍魂已出。簡單來說，就是原本寄居在大體之中的屍魂，出竅去執行任務了，至於是什麼任務，就要看養它的法師下達什麼樣的指令了。」

當然會這樣守著曉潔，主要也是因為昨天對方已經取得了毛髮，因此這次屍魂出竅所執行的任務，很有可能就是來找曉潔。

只是連陳伯自己都非常清楚，自己現在這樣也只是做做樣子，死馬當活馬醫而已，一旦屍魂出竅，真的照著法師的命令前來索取曉潔的命，那麼光是憑他站在這裡，尤其又在沒有帶本命鍾馗的情況之下，根本不可能有什麼太大的幫助。

原本詭譎的氣氛，瞬間變得緊張了起來。

兩人就這樣戰戰兢兢地看著寧靜的四周，紅色的燈光此刻更為氣氛增添一襲恐怖的色彩。

突然一陣清脆的聲音，驚動了原本就已經神經繃緊的兩人，兩人幾乎都跳了起來，定下神來，才發現是曉潔的手機響了。

曉潔將手機拿出來一看，來電的不是別人，正是阿吉。

原來當兩人在這邊破屍的同時，阿吉那邊跟廖師父的對決已經分出了勝負，那具大體有所動靜，完全是因為廖師父的法已經被阿吉所破，身受重傷的他已經沒有足夠的法力控制住屍魂，因此屍魂才會從大體出竅，第一個目標當然就是這些時間以來，一直操弄著自己的廖師父。

曉潔接起了電話，講沒幾句話之後，就將手機交給了陳伯。

「解、解決了？」陳伯一開始聽到，臉上還流露出一抹難以置信的表情。

或許是一開始就有點高估對手了，不過也或許是阿吉的實力，遠在自己的想像之上，陳伯這樣告訴著自己。

在陳伯與阿吉的合力之下，不管是屍還是人，阿吉這邊都獲得了勝利。

房東在陳伯處理完之後，報警處理，警方循線找上了陳媽媽與廖師父，可是陳媽媽已經不知去向，留在屋子裡面的只有死狀極為駭人的廖師父而已。

四肢俱裂，屍骨不全的他，當然就是被那些屍魂反噬的結果，養屍多年所作的惡，最後都會在這樣的鬥法敗陣或控制不住屍魂的情況之下，嘗到過去行惡的所有苦果。

可是，這些對警方來說，當然不是可以接受的答案，他們將陳媽媽列為第一嫌疑犯，並且到陳純菲家中，準備將陳媽媽帶回偵訊。

可是陳媽媽最後並沒有回家，就連獨生女陳純菲也不知道媽媽到哪裡去了。

而且對於突然前來的大批警力，陳純菲並沒有表露出太過於驚訝的神情，反而顯得異常冷靜。

最後警方一直沒等到陳媽媽，因此只能對陳媽媽發出通緝，並且請社工協助安置陳純菲。

身為陳純菲導師的洪老師，也在當晚接到了學校的電話，告知陳媽媽逃亡的事情，當然這都在洪老師的掌握之中。

只是，在現階段大體已破的情況之下，就算只剩下陳媽媽一個人也沒辦法再靠屍魂作亂了。

至少，不管是陳伯還是阿吉，都是作出了這樣的判斷。

只是兩人作夢也沒想到，真正的噩夢卻是在這之後才開始。

3

在已經失去了法師的情況下，破屍的工作變得簡單許多，至少不需要擔心如果處理不當，會對阿吉那邊造成什麼影響。

然而，在處理的過程之中，陳伯卻是越來越不安，原本還以為即便使用了三種方法來養屍，但對方卻如此輕易被阿吉打倒，應該只是那種略懂皮毛的雜學家。

可是當陳伯在處理的時候卻意外發現，對方懂的絕對不只皮毛而已，甚至在越處理之下，越覺得不解為什麼對方會如此輕易就被阿吉打倒。

因此，即便在處理完之後，陳伯回到家中，心頭仍然縈繞著一種難以形容的不安。

或許是這起案件，真的太像多年前的那起案件了，因此才會讓陳伯有這種感覺。

因為過去的那起案件，讓他黯然離開了鍾馗派，更讓他永遠封印了自己的本命鍾馗。因此遇到這起案件，實在讓陳伯有太多感慨了。

不過，又覺得好像有什麼地方不太對。

心中的那抹不安，不單單只是類比的心情，而是一種自己好像疏漏了什麼的感覺。

陳伯坐在沙發上，仔細回想今天的一切，每一個細節，每一個過程。

自己是不是在破屍的時候，漏掉了什麼步驟？

又或者是……

就在陳伯這麼想的同時，一個畫面跟對話浮現在自己的腦海之中，那是剛踏入那間養屍的房子的時候。

領在前面的房東，在開門的時候，好像說了些什麼，但是那時候的自己，太過專注於其他的地方，因此只是充耳不聞。

「啊！」陳伯張大嘴叫了出來。

陳伯終究還是當過道士的人，當然也有敏銳的體質，那時候，因為感覺到一股邪氣，因此身體在強烈的感應之下，全神貫注的方向都集中在屋子裡面的情況。

所以房東的話是聽到了，可是就好像父母老是反覆交代的那些話一樣，聽是聽到了，但是完全沒有聽進去。

此刻那些話又重新浮現在陳伯的腦海之中。

「唉唷，怎麼又發生這種事情？」開門的房東喃喃抱怨著這句話。

難道說，講究的……不只有佈置那麼簡單？

不會吧？

陳伯因為過度震驚而站起身來，那股不安的感覺，這時候不斷在陳伯的心中擴大蔓延開來。

那麼，這份不安——

突然感覺到什麼，陳伯猛一回頭，一個面目猙獰的女子就站在後面。

陳伯完全來不及反應，女子的手已經刺入了陳伯的胸口。

終究還是曾經當過道士的他，在這一下之後，立刻反射性地向後一跳，胸口也在這時淌出了大量的鮮血。

這女人從出那間屋子就一直跟著自己？難怪自己會一直覺得不安。

那不安不是因為自己漏掉了什麼，而是體質一直感受到了這女人的存在，只是自己一直都在為那份不安找理由而已。

又驚又懼的陳伯，瞬間明白了這一切。

那傢伙，竟然還埋下了這一手，不，不可能，佈下這局的人，不可能那麼輕易就被阿吉……

陳伯使勁壓住自己的胸口，並且朝其中一個房間走去。

沒救了……

看著自己胸口的那個洞，陳伯長年以來的醫生職業病，立刻有了這樣的體認。

自己已經沒救了，但是那女孩還有機會……還有機會。

一進到屋內，陳伯慌了。

不是因為自己即將死亡，而是怕那女孩根本不知道自己即將面對的恐怖。

進到房間裡面的陳伯，拿出手機，連看都沒看，撥了一一〇之後就將手機丟在一旁。

大量的失血讓陳伯腳步完全踩不穩，整個人軟倒在地上。

他爬往牆角，堆滿一堆雜物箱子的地方。

那女人一直跟在陳伯身後，充滿了恨意，卻只是靜靜地凝視著陳伯進行垂死的掙扎。

在地上的陳伯勉強伸出手，撥動著堆積在角落的箱子，箱子在陳伯的撥動之下一個歪斜，所有東西一倒，全部都砸到了陳伯的身上，然後散落在那片陳伯所形成的血泊之中。

在一片傾倒的箱子之中，陳伯模糊的視線看到了那只箱子，那個他塵封已久的箱子。

陳伯用他顫抖的手，撥開了那佈滿灰塵的封口，打開箱子，將手伸入箱中。

差不多了，應該就只能到這裡了。

陳伯知道自己的生命即將走到盡頭，無力的他坐靠在牆邊，接著一仰頭，將口中一口熱燙的鮮血，噗的一聲，噴到手上剛剛從箱子裡拿出來的那個東西上面。

這一下幾乎耗盡了所有殘存在陳伯體內的能量，他無力地垂下頭，然後手在牆壁上畫了一個ㄨ，彷彿還想多寫些什麼，但是那雙手卻越來越沉重，慢慢地向下沉，最後擱置在那片血泊之中，再也沒有任何動靜了。

4

曉潔跟陳伯在處理完大體那邊的工作之後，回到么洞八廟跟阿吉會合。

陳伯跟阿吉討論了好一陣子，關於屍體那邊的情況，這些曉潔都是有聽沒有懂。

雖然說是討論，不過大部分的時間，阿吉都是在聽陳伯述說著那具屍體佈置得如何巧妙，養屍的方法如何多樣之類的，一直到一通電話打斷了兩人的討論之後，陳伯才有點失落地停了下來。

那通電話是學校的學務主任打來的，當然內容雖然讓三人有點意外，但也算是在合理的範圍之中。

陳媽媽拋下了陳純菲，開始她的逃亡生活，而陳純菲也在社工的協助之下，被暫時安置在收容中心。

對於這樣的結果，當然三人心中多少有了些心理準備，只是聽到時還是覺得不勝唏噓。

在將事情都處理得差不多之後，陳伯先行離開，回去自己的家中，而曉潔也在收拾好行李之後，由阿吉親自送她回家。

在路上兩人沒有太多的交談，或許對兩人來說，這都不是一個很好的結果。

下了車之後，曉潔獨自走到了自己一天一夜不曾回來過的家門前，心中卻有種難以形容的不安。

總覺得自己的身後，一直有種被人監視的感覺，就好像當時自己被縛靈纏上的時候一樣。

可是當曉潔猛一回頭，卻什麼也沒看到。

今天的曉潔，有種希望可以多在么洞八廟過一夜的心情，不想回到自己空蕩蕩的家中，因為這幾天經歷了太多，讓曉潔有種心神不寧的感覺，在么洞八廟裡面，至少還有阿吉與其他工作人員，可以讓她安心一點。

可是，曉潔卻不好意思開口提出這樣的要求。

因此，也只能像現在這樣，乖乖回到自己的家門前。

一連回頭了好幾次都沒有看到任何異狀，心情才稍微穩定一點的曉潔，將鑰匙插入孔中，那種不安又開始在心中浮起。

這一次曉潔不打算回頭，只想要趕緊開鎖之後衝入屋內，誰知才剛轉動鑰匙，一隻手突然從旁邊伸過來，緊緊地抓住自己的手。

本來就有如驚弓之鳥，草木皆兵的曉潔，立刻被這情況嚇到尖叫出來，整個人甚至跳了起來。

想要抽手，但是那隻手的力道卻意外強大，想抽也抽不了。

曉潔的眼光順著那隻手而上，看到了抓住自己的人，原本驚恐萬分的表情瞬間定格，反而變得有點搞笑。

只見那個抓住自己手的人，不是別人，正是阿吉。

「吼唷！」曉潔大鬆一口氣說道：「你搞什麼啦！差點被你嚇死！你……」

曉潔抱怨到一半，立刻看到了阿吉臉上異常的神情。

阿吉瞪大了雙眼，一臉難以置信，那模樣簡直怪異到了極點。

「怎麼了？」曉潔有點驚恐地問：「你該不會是中邪了吧？」

過了半晌，阿吉才緩緩地仰起臉來，說出讓曉潔也跟著變臉的消息。

「陳伯……死了。」

5

剛剛曉潔才剛下車，阿吉就接到廟裡的來電，告知了陳伯的死訊。

阿吉雖然震驚，但是也第一時間想到，事情很可能還沒解決，因此趕回來找曉潔。

想不到才分開幾個小時，一個活生生的人會就這樣永遠離開人世間，這對曉潔來說，打擊之大簡直難以想像。

「為什麼?!」震驚的阿吉一路上一直重複著這個問題：「不是已經解決了嗎？我們到底有什麼地方做錯了？」

對於這個問題，曉潔當然沒有答案。

回到么洞八廟，警方已經在裡面等著，由於阿吉與曉潔兩人是最後與陳伯接觸的人，因此警方與兩人在阿吉的辦公室裡面聊了很久。

當然警方一開始也的確對兩人有所存疑，不過在陳伯打電話報警的那個時間點，阿吉正在送曉潔回家的路上，沿途起碼有十多支監視器可以提供證明，因此兩人很快就洗刷了嫌疑，警方也將部分案情告訴了阿吉，畢竟對阿吉來說，陳伯就好像自己的家人一樣。

當天晚上，警方接獲一通沒有人講話的電話，透過通聯紀錄，查到那是由陳伯所撥出的，警方到達現場後，發現陳伯陳屍在房內，胸口被人用不明利器所傷。

陳伯是靠坐在牆上而死，臨死前在牆壁上留下了一個ㄨ字，除此之外，陳伯手上握有一個看起來有點駭人的人偶，形貌類似鍾馗。

警方給阿吉看現場照片的時候，阿吉一眼就認出來，那個人偶正是陳伯在當道士期間所用的本命鍾馗。

只是照片裡面的鍾馗，佈滿了斑斑血跡，模樣有點怵目驚心，讓阿吉心痛地閉上了雙眼。

當警方問到阿吉關於那個「ㄨ」字還有人偶有沒有什麼特別含意的時候，阿吉只是搖著頭，但是當警方離開之後，阿吉腦海裡面想著的，還是這兩個東西到底有什麼含意。

陳伯的死，不管怎麼想都跟今天晚上的事件有關，這點即便沒有打電話問殯儀館，阿吉也非常清楚。

警方留下了兩張照片，希望阿吉如果想到什麼可以跟他們聯絡，其中一張是陳伯死前在牆上留下的血字「ㄨ」，另外一張就是陳伯手上握著那個本命鍾馗的照片。

警方離開之後，阿吉仍然看著這兩張照片，試圖想要找到一點線索。

「你們在陳媽媽那邊破屍的時候，陳伯有沒有說什麼？」阿吉皺著眉頭問曉潔。

畢竟破屍的時候，阿吉並沒有跟在陳伯身邊，因此對於當時的情況，當真是一無所知。如今陳伯在破屍之後短短幾個小時的時間，就被人發現陳屍在自家住宅，不管怎麼想，都絕對跟破屍有關。

最有可能的推測，就是他們在破屍的時候，出了什麼差錯，可是現在施法的法師都被打敗了，應該也不至於會有意外才對，這讓阿吉完全無法接受。

「沒有。」曉潔想了一會之後搖搖頭說：「陳伯當時說的話，其實在回來之後也都跟你說了，就是什麼三種養屍的方法啦，不然就是這個屍他可能破不了之類的……」

看著那張寫著「ㄨ」字的照片，阿吉嘟著嘴唸道：「嗚，這個字到底有什麼意思，嗚嗚嗚嗚。」

阿吉重複著用嘴巴唸著注音符號的ㄨ，可是腦海裡面卻完全沒有半點線索。

「如果不是代表字……」曉潔在一旁提供了另外一種想法：「而是打叉的符號呢？」

「意思是我們搞錯了？」阿吉挑眉說：「光是他的死，我想我們就應該知道錯了，實在不需要這麼多此一舉，還特別打個叉吧？」

被阿吉這麼一說，兩人又是一片沉默，低著頭看著那張照片。

「那……如果是沒寫完的字呢？」曉潔側著頭說。

「ㄨ可以有什麼字？」阿吉點著頭說：「父親的父？交通的交？」

「文化的文？」曉潔接著說：「刈包的刈？爽快的爽？」

「啊？」阿吉哭笑不得地說：「如果真的是爽字，陳伯到底想說啥？被人殺了很爽嗎？這也太詭異了。」

「那就不是爽啊，」曉潔搖搖頭說：「其他還有什麼……菜餚的餚，或者是混淆的淆。」

「胸部的胸……」阿吉說著眼光不自覺地移到了曉潔的胸部上。

「胸部的胸拆開來也有匈奴的匈，」曉潔白了阿吉一眼冷冷地說：「還有被人兇了一頓的兇，去掉下面就是凶殺案的凶。啊！還是殺人的殺？」

「是，」阿吉點了點頭，無力地說：「陳伯需要寫出來我們才知道他是被人殺害的，這是一場凶殺案，這也太低能了吧？」

「不想還不知道，中文裡面有個ㄨ的還真是不少耶。」曉潔無奈地說：「要猜到陳伯想寫的是什麼字，感覺真的有點像是大海裡面撈針。」

「等等，」阿吉抿著嘴說：「假設這真的是陳伯沒寫完的，我們是不是應該想想筆劃的順序，剛剛說的那些字裡面，很多都不是從ㄨ開始寫起的。」

聽到阿吉這麼說，曉潔瞪大了雙眼，點著頭說：「對，如果是從ㄨ開始寫起的有……殺人的殺，凶殺案的凶，刈包的刈，還有……」

阿吉這時猛然站了起來，雙眼直直地瞪著曉潔。

「你是怎樣啊？」曉潔被阿吉嚇了一跳，一臉訝異地問著阿吉。

「是這樣嗎？」阿吉更是一臉詫異地張大雙眼說：「這也太瘋狂了……」

「你知道嗎？」曉潔白了阿吉一眼說：「陳伯在那間房子裡面也這樣說，還不止說過一次。」

「是因為這真的太瘋狂了。」阿吉抿著嘴說：「如果真的是這樣的話……」

「到底是怎樣啊？」曉潔攤開雙手叫道：「為什麼你跟陳伯都這樣，也不解釋清楚……」

曉潔話還沒有說完，阿吉已經衝到門口，對著外面叫道：「阿賀！阿賀！」

刷牙刷到一半的阿賀，以為發生什麼大事，馬上衝過來，嘴巴裡面還是滿口牙膏。

「怎樣？」阿賀口齒不清地問。

「電腦！」阿吉叫道：「快把你的電腦拿來！」

阿賀看阿吉急成這樣，趕忙衝回房間將他的筆記型電腦拿來交給阿吉。

「好了，沒事了，謝謝，你可以繼續去刷牙。」阿吉揮了揮手說。

阿賀一臉無奈，因為很明顯地急著去拿電腦的他，一口牙膏都吞進肚子裡面去了。

阿吉將筆記型電腦打開，連上網路之後，立刻在搜尋網頁上面打上了「凶宅」兩個字。網頁立刻佈滿許許多多跟凶宅有關的東西，然後阿吉又在搜尋欄的凶宅後面，加上了一個大概的住址，接著果然有一些結果出來，阿吉點了進去，一棟熟悉的大樓立刻浮現在電腦螢幕上。

「果然，」阿吉指著電腦螢幕說：「妳看是不是那棟房子？」

「對。」曉潔點了點頭。

電腦螢幕上面顯示的圖片，正是今天傍晚曉潔跟陳伯前去破屍的那棟大樓。

「下面還有寫到，」阿吉看著電腦說：「凶案發生的地點就是四樓，看樣子應該就是那棟房子了。」

在確定了這件事情之後，阿吉皺起了眉頭說：「陳伯所寫的那個メ，果然是沒有寫完的凶字。陳伯的意思是要告訴我們，那間屋子是凶宅。」

「啊！」聽到阿吉這麼說，曉潔整個人都快跳起來了，叫道：「我想起來了！那時候房東來開門，好像有自言自語的說，怎麼『又』發生這樣的事情。我當時就覺得那個『又』字有點奇怪，所以有看陳伯一眼，不過陳伯沒有很在意就是了。」

「嗯，」阿吉點了點頭說：「所以陳伯要告訴我們的是，他是被凶靈所殺，另外他要說的也是那個養屍所用的房子，根本是間凶宅。凶宅養屍，這傢伙簡直就是喪心病狂，陳伯說得對，這的確太不尋常了。陳伯應該就是被那間凶宅的凶靈殺害的……」

話還沒有說完，阿吉突然用極為嚴厲的眼光瞪視著曉潔。

「怎麼了？」

「既然陳伯有事……」阿吉沉吟了一會之後，仰起頭對著門外叫道：「阿賀！」

可憐的阿賀這一次臉上全部都是洗面乳，還來不及沖掉又被阿吉叫了進來。

「阿賀，」阿吉沉著臉說：「你馬上跟廚房說一下，今晚有宵夜吃了，叫他們去斬一隻雞，然後把雞頭拿來給我，快點！」

看到阿賀連刷個牙洗個臉都沒辦法好好做完的悽慘模樣，讓曉潔不免有點同情起他來。

不過阿吉卻沉著臉，在交代完之後，便轉向曉潔說：「跟我來。」

曉潔跟著阿吉，來到了正殿，這裡還有沒收拾完的祭壇，地上也還殘留著破碗，雖然不能理解過程，但光看這裡的模樣，阿吉跟那個法師鬥法似乎頗為激烈的樣子。

不過在這片混亂當中，最讓曉潔側目的還是那疊堆積得跟人一樣高的碗堆，看著這堆碗，曉潔心想，這些該不會都是準備被阿吉砸破吧？這也太浪費了吧，他家的碗不用錢嗎！

就在曉潔這麼想的同時，阿吉清乾淨了桌面，順手就從那堆碗中拿起一個，在桌子旁邊的陶製罈缸中，舀了一些水之後，將碗放在桌上。

阿吉接著拿出了一張符，將符點燃之後放在碗上，讓符燒成的灰都掉入碗中，等整張符都燒完之後，阿吉用手指拌了拌碗裡面的水之後，將碗舉到了曉潔面前。

「喝。」阿吉爽快地說。

「啊？」曉潔張大了嘴說。

先別說那些灰了，光是剛剛阿吉最後用手指攪拌的動作，這碗水在曉潔的認定中就已經不是給人類喝的飲用水了。

「快點，我不是開玩笑的。」阿吉沉著臉說：「灰不需要喝下去，只要一點水就可以了。」

看到阿吉那張嚴肅的臉，曉潔知道阿吉並不是跟自己鬧著玩的，只好皺著眉頭拿起碗來，猶豫了一會之後，以碗就口稍微啜了一小口的水。

水一入口，曉潔一點也不想讓水有任何機會在嘴巴停留，立刻將它吞進肚子裡面，因此完全沒什麼感覺到味道。

「含著不要吞下去，」阿吉這時突然說。

「你不早說！」曉潔抗議道：「我已經吞下去了。」

「嗯？妳很渴嗎？要喝水可以跟我說啊，我拿一般的水給妳喝。」

曉潔白了阿吉一眼。

最後沒辦法，曉潔還是又喝了一口，這一次，曉潔照阿吉所說的將水含在口中。

過了一會，阿賀拿了一個盤子進來，盤子上面正是阿吉所交代的，血淋淋的雞頭，讓曉潔看得皺起眉頭來。

「把妳含著的水噴在雞頭上。」阿吉用手指著雞頭說。

聽到阿吉這麼說，早就想將水吐掉的曉潔，毫不遲疑，立刻「噗」的一聲，完全不顧形象，就把嘴裡那口水照阿吉所說的噴在雞頭上。

盤子上的雞頭閉著雙眼，沒有半點動靜。

曉潔看著阿吉，只見阿吉一臉嚴肅地盯著盤子上的雞頭，曉潔也只能跟著盯著看，過了一會之後，雞頭突然有了變化。

這變化讓曉潔瞪大了雙眼，整個人倒抽了一口氣，一連退了好幾步。

因為剛剛原本閉著雙眼的雞頭，突然張開了眼睛，不過這還不是最嚇人的，最恐怖的是那雞頭原本該有的黑色眼珠，此刻卻是一整顆白茫茫的，模樣十分駭人。

比起曉潔瞪大雙眼誇張反應，一旁的阿吉卻是一臉沉重地閉上雙眼。因為透過雞頭，阿吉了解到這已經可以說是最糟糕的情況了。

看著那個雞頭，阿吉完全沒有辦法冷靜下來，只能用力地搔著頭。

「這就是我們鍾馗派所說的目露凶光，」阿吉一臉沉重地說：「凶的口訣之中有這麼一段話，雞目白濁、凶兆已至，一日之內、魂必歸西。」

當然到了這個情況，即便阿吉不說，曉潔也大概猜到發生什麼事情了。

「所以我也被凶靈──」

「嗯，」阿吉點了點頭說：「陳伯是被那間屋子的凶靈所殺，在你們破屍的時候，等於是間接解放了在那邊的凶靈。他們養屍的時候，就看準了這間凶宅的凶氣，鎮壓住凶氣的同時，他們也用她的凶氣，幫屍魂增加凶氣，難怪那屍魂只要一出手都會死人。我們太大意了！想不到最後對方竟然埋了這個陷阱。」

阿吉說著說著，懊惱地搥了一下供桌，這時曉潔也發現，供桌上面竟然有一個凹痕。

曉潔天真地認為，這供桌應該常常像這樣被阿吉搥搥打打，然而實際上那個凹痕是今天阿吉跟廖師父鬥法的時候才留下來的。

「那現在該怎麼辦？」

雖然這麼問，但是曉潔已經知道有兩件事情對自己非常不利，一是凶在鍾馗派的分類中，屬於最高階的靈體之一，想必本身就已經非常難解。另外一個是，就連經驗老到的陳伯都喪命了，自己恐怕也是凶多吉少。

「不行！」阿吉沉吟一會之後，咬著嘴唇說：「怎麼說都要拚一拚。」

「怎麼拚？」

「去台南拚。」阿吉搔著頭說。

第6章・求傘

1

阿吉與曉潔好不容易趕上了最後一班高鐵，前往台南。

在靠近深夜的高鐵車廂之中，乘客們零零落落，每個人臉上彷彿都寫上了疲憊，閉上雙眼把握這短暫的休息片刻，因此整座車廂非常寧靜。

不知怎麼的，此刻曉潔的心情略帶著一點感傷。

回想這不過短短兩、三個月的高二生活，真的徹底顛覆了自己的人生，就好像自己人生過去的十多年，都白活了一樣。

光是這兩、三個月經歷的一切，就夠曉潔把這些故事寫成好幾本小說了。

雖然阿吉沒有多說，但是曉潔非常清楚，這一次很可能凶多吉少了。

畢竟剛開學沒多久，曉潔還沒有學到任何高二的課程，卻已經先學會了鍾馗派分門別類的一百零八種靈體。

曉潔非常清楚在鍾馗派的靈體分類之中，將存在於人世間的靈分成了十二種類，低階的有縛、魅、屍、惑，中階的有饑、怨、狂、喪，然後是高階的凶、煞、滅、逆。

自己這一次面對到的，是高階的靈體「凶」。

記得上一次面對到同樣是高階的靈體「煞」的時候，阿吉有說過，如果想要對付高階的靈體，鍾馗四寶就是必備的道具。

凶要用傘、煞要用劍、滅要用索、逆要用旗。

而這鍾馗四寶分別由鍾馗派的四大派系保管，北派也就是阿吉所屬的派系保管鍾馗寶劍、東派負責保管鍾馗令旗、西派負責保管鍾馗法索，而南派則負責保管鍾馗符傘。

因此，這一次兩人前往台南，目的曉潔也大概猜到了，就是想要使用鍾馗符傘。

然而透過上一次的經驗，曉潔也非常清楚，一旦要動用鍾馗四寶，就需要召開道士大會才行。

這一次自己剩下不到二十四小時的時間，不知道阿吉打算怎麼做？

或許是因為太過接近死亡，曉潔反而一反常態的並沒有感覺到太多真實的感受。

這是不是叫做不見棺材不掉淚呢？曉潔在心中自嘲著。

不過連曉潔自己也不知道，到底是從什麼時候開始，自己在面對這方面的事情時，似乎也越來越安心了。

雖然很不想承認，但是經過了這一連串的風波，至少身旁的這個金髮男子沒有讓她失望過。

因此，或許現在曉潔並沒有特別感覺到絕望與害怕，就是因為阿吉在身邊的關係。

只是這點曉潔自己並不知道，也或許是下意識不願意承認罷了。

窗外快速流瀉而過的，是深夜正沉沉睡去的台灣。

兩人的目的地是台南，聽阿吉說，那裡有南派的大本營，私底下被稱為「頑固廟」的廟宇。

坐鎮那座廟宇的，正是曾在道士大會上，大力支持阿吉的南派掌門，頑固老高。記得先前道士大會上，南派掌門的弟子阿畢，就這樣形容過自己的師父。

就上一次的印象來說，雖然南派掌門的確是最挺阿吉的人，但是要在不開道士大會的情況之下，就想動用鍾馗四寶，或許情況也沒有曉潔想像中簡單。

耳邊傳來的，是一旁阿吉的鼾聲。

真虧他在這麼緊張的情況之下還能睡得著覺。

看著阿吉熟睡的臉龐，曉潔白了他一眼，腦海裡面浮現的，自然是這些日子以來，一直縈繞著自己的那個懷疑念頭。

如果整起事件都是阿吉一個人搞出來的，那麼……阿吉不就是殺害陳伯的人？

曉潔不管怎麼想都難以接受，而且當初一直覺得阿吉只是為了想要英雄救美來泡妞，現在看起來實在牽強又荒唐。

至此，曉潔已經找不到任何理由來懷疑阿吉了，因此對於先前懷疑阿吉的行為，也感覺到些許愧疚。

不過自己也的確付出了代價，那就是被凶靈纏身。

可是如果不是阿吉，那麼凶手是誰呢？

會不會就是這次事件的陳媽媽？

當然這樣的懷疑，跟當初懷疑阿吉一樣是非常合理的。

畢竟阿吉也說了，凶宅養屍已經不是平常人做得到的。

既然她能夠不顧一切養屍魂來害人，那麼其他不管要做出什麼樣的事情，似乎都沒有那麼困難了。

可是如果是陳媽媽，那麼她的目的又是什麼？

曉潔聽阿吉說過，那些人都跟陳純菲有直接或間接的關係，一個對陳純菲死纏爛打的少年，一個小偷，加上一個想要非禮陳純菲的人。

但是班上的那些同學，跟陳純菲都沒有什麼關係啊。

雖然說私底下到底如何，曉潔可能沒那麼清楚，但是就表面來看，不管是誰都跟那個看起來與世無爭的陳純菲沒有什麼太直接的關係。

至少，自己這邊可就跟陳純菲之間沒什麼衝突。

所以即便這次的整起事件是陳媽媽引發的，也沒有任何證據可以證明前面那些事件也是陳媽媽引起的。

這讓曉潔不得不多做一個假設……

如果不是陳媽媽呢？

到底還有誰，為了什麼樣的原因，要一直這樣對付自己班上的同學呢？

先撇開是誰不說，光是這麼做的原因就可以讓曉潔傷透腦筋了。

曉潔想起在國中的時候，有幾個跟自己非常要好的同學，她們之所以會成為朋友，就是因為她們有一個共通的特點，都非常喜歡看小說。

雖然大家喜歡的類別不太一樣，不過大夥還是常常聚在一起聊小說。

記得其中有兩個女生，特別喜歡偵探小說。

她們也曾經跟曉潔聊過關於偵探小說的事情，說想要在偵探小說裡面找到關鍵的線索，就必須要搞清楚幾個要件。

第一個要件，就是動機。

因為不管發生什麼案件，都需要有個動機，這點不管是現實生活，還是小說的世界裡面都是一樣的。

不管那個動機有多蠢，就像阿吉只是單純想要英雄救美這樣的蠢理由，也可以勉強算是個動機。

有了這個，當然就非常容易追查下去。

但是偏偏動機這一點，多半都是在案件破解之後，才會由偵探來解答。

在此之前所看得到的動機，多半是假的。當然，這是就偵探小說而言。

那麼現實生活呢？

雖然曉潔完全不能接受，但是卻可以理解陳媽媽的動機。

然而不管是陳媽媽還是阿吉的動機，都還是有不能涵蓋的範圍，例如陳媽媽的這起事件，自己或者班上其他的學生，都不應該在陳媽媽迫害的範圍。

難不成，她想讓自己女兒的班級血流成河？這樣做對陳純菲或陳媽媽又有什麼好處？把這個班級的人全部剷除，只剩下陳純菲一個人，在不成一班的情況下就可以讓她到自己心目中最好的班級？這也太激進了吧？如果真有那麼不滿，不如轉學還比較快不是嗎？

而且事實也證明，就算在這個班級，陳純菲還是能有好成績，從臉書上就可以看得出來，陳媽媽自己也很引以為傲不是嗎？

這就是曉潔卡住的地方。

不管是陳媽媽還是阿吉，甚至是一個完全未知的第三者，曉潔都找不到一個完美的動機，可以讓人針對自己的班級下手。

撇開動機不說，在偵探小說裡面的第二要件，就是犯人在被揭穿之前，最容易被拿來當成謎題的，就是做案的手法。

偏偏這一點，曉潔完全是天馬行空的想像。

真的有人有辦法，讓這個班上的同學這樣接二連三地遇到不同的靈異事件嗎？

曉潔沒有學過法術，對於這些奇門遁甲之術，已經遠超過她的理解範圍，不過從上一次的事件之中，至少像阿吉這樣的道上人士，也認為是有人設計陷害美嘉中煞的。

因此曉潔會認為是有人設計班上同學一一遇害，也不能全然算是空穴來風。

不過就算曉潔想破了腦袋，也不可能知道犯人做案的手法。

就在曉潔苦惱著這一切的時候，窗外原本快速流瀉的風景緩緩地停了下來。

兩人已經到達了目的地，台南。

接下來的一切，或許已經不在曉潔能夠掌控的範圍了。

不過至少有一點曉潔非常清楚，自己的生命很可能就得要託付給旁邊那個打鼾到會讓旁人側目的男子身上。

這或許才是曉潔真正欲哭無淚的地方吧？

2

或許是受到先入為主的影響，曉潔覺得第一眼看到「頑固廟」的時候，真的就很有「頑固」的感覺。

比起第一眼就給曉潔莊嚴感的「么洞八廟」，頑固廟讓人有種日落西山，風光不再的感覺。

兩人在搭上高鐵前往台南之前，阿吉就已經先打了通電話，因此當兩人才剛走出高鐵站，就已經有了廟方人員在高鐵站外等候。

兩人上了車，立刻馬不停蹄地趕到這裡來。

一到頑固廟，阿吉完全不願意浪費任何時間，把曉潔丟在正殿，便自己一個人上樓去找這間廟宇的負責人，也就是南派的掌門頑固老高。

在頑固老高的辦公室裡面，阿吉開門見山地將此行的目的告訴他。

聽完了阿吉的話之後，頑固老高那原本就習慣皺眉的眉間，更加嚴肅地鎖了起來，鎖到兩道眉毛都快要連成一條線了。

「阿吉啊，」頑固老高一臉為難地說：「你不久前才動用了鍾馗寶劍，真的是不久前啊，就算我絕對支持你，其他人肯定不會再答應的。」

「我沒有要召開道士大會，」阿吉搖搖頭說：「因為時間根本來不及，雞頭目露凶光了，我沒有別的選擇。」

聽到阿吉這麼說，頑固老高沉下了臉，一股肅殺的氣氛也旋即降臨在兩人之間。

「阿吉，」頑固老高沉著臉說：「你知道鍾馗四寶的動用規矩，是誰訂下的嗎？」

「知道。」阿吉點點頭說。

「嗯，」頑固老高也點頭說：「就是你的師父啊！道士大會也是他主持要召開的，過去我們四派分裂得那麼嚴重，也是因為你師父才有今天這樣緊密合作的情況。如果不召開道士大會就動用鍾馗四寶，最嚴重的情況，很可能就是讓我們四派再度決裂，這真的是你所希望的嗎？」

「不是，」阿吉搖搖頭說：「但是如果我們四派結合在一起，卻沒有半點變通之道，各據鍾馗四寶為己有，對於真正需要幫助的人，完全視而不見，只顧著召開沒有實質幫助的道士大會，這樣又有比較好嗎？」

「可是從你師父去世之後，也只有你一個人要求過要動用鍾馗四寶，上一次大家已經讓步了。要知道，是你自己不願意繼承你師父的衣缽，讓你動用鍾馗四寶，幾乎已經是法外開恩了。」

「啊？」阿吉張大了嘴，一臉不敢置信地說：「如果鍾馗四寶只是為了讓我們拿來紀念的，那不如全部捐給故宮算了。反正我們也只是拿來擺著好看，根本從來不願意真正讓它們發揮功用，真的放進故宮也比現在好。」

「我說了，」頑固老高凝視著阿吉說：「那是你師父訂下的規矩，我們也只能遵守，你身為你師父唯一的弟子，真的要一手毀了你師父立下的規矩嗎？」

「可以的話，」阿吉沉著臉說：「我一定照著規矩來，但是現在時間緊迫，如果還要照著規矩，那麼那女孩就死定了。」

「阿吉啊，」頑固老高態度稍微軟化地說：「你到底怎麼了？我記得你對你師父不是像爸爸一樣尊敬他嗎？為什麼你一定要這樣，一直想要破壞他訂下來的規矩呢？」

聽到頑固老高這麼說，阿吉低下了頭，過了一會之後，毅然地仰著臉說：「我對我師父的感覺，一直到今天為止，都沒有任何變化。我也相信，如果今天我師父還活著，那麼站在這裡求您老人家的，就會是我師父了。」

聽到阿吉這麼說，頑固老高沉默地坐了下來。

對於阿吉所說的這一點，頑固老高找不到任何東西來辯駁，因為他也了解呂偉道長的為人。

如果當初不是呂偉道長出手救了他與他的女兒，還破例讓阿畢北上補足了一些口訣，那麼今天的南派，恐怕會比這間廟宇更加殘破不堪。

「如果我不能用符傘來救我的學生，」阿吉面無表情地說：「那麼未來不管在任何情況之下，我都不會再打開鍾馗寶劍的保險庫，我會讓鍾馗寶劍永遠封存在么洞八廟底下，不會再有重見天日的一天。」

不管是威脅也好，苦求也罷，今天，阿吉已經打定主意，就算頑固老高再頑固，他也一定要動用鍾馗符傘。

在阿吉跟頑固老高針鋒相對的時候，曉潔只能被安排在正殿門口靜靜地等待著。

雖然此刻正殿的大門深鎖，不過可以想見的是，裡面應該跟么洞八廟的正殿一樣，供奉著鍾馗祖師的神像。

曉潔看著正門，心中卻感到不安，或許是因為阿吉不在身邊的關係，再加上此刻正值午夜時分，人生地不熟的，卻被一個人丟在這個空蕩蕩的地方。

「妳就是那個被凶靈纏身的女孩嗎？」

就在曉潔有點惶恐不安的時候，身後突然傳來一個女子的聲音。

曉潔轉過頭，一名年約二十多歲的女子就站在自己身後。

女子有著一對瞇瞇眼，身上穿著休閒服，手扠著腰，看起來很有氣勢，因此跟這間廟宇多少有點格格不入。

曉潔點了點頭。

「所以阿吉是跟妳一起來的囉？」女子側著頭說：「他人呢？」

「去辦公室了。」

「哎呀？」女子雙手扠腰啐道：「阿吉那死傢伙，來這裡不是先找我，竟然是先去找爸？」

聽她這麼說，曉潔大概猜到這女子應該就是頑固老高的女兒，換句話說，也是道士大會那天阿畢調侃自己師父時候說到，要嫁給阿吉的人，就是她嗎？

完全不知道曉潔已經在道士大會上聽過阿畢說的話，女子笑著對曉潔自我介紹道：

「不好意思，忘了自我介紹，我叫高梓蓉，你們說的頑固老高就是我爸。」

「妳好，」曉潔點了點頭說：「我叫葉曉潔，是阿吉哥……的學生。」

被阿吉影響久了，曉潔還真的差點說自己是「阿吉哥哥」的學生，這話要是說出來，恐怕又不知道會發生什麼樣的誤會。

「呵呵，」高梓蓉燦爛地笑著說：「我還是不敢相信阿吉會跑去學校當老師，他這樣不會誤人子弟嗎？」

曉潔側著頭一臉尷尬地說：「是……還不至於啦。」

當然如果他上課的那個死樣子可以改一改的話，應該會更好一點。

曉潔心裡這麼想著，但是實在不方便說出口。

「所以妳有去過么洞八廟嗎？」

「有。」

「何嬤身體還好嗎？」

高梓蓉所說的何嬤，曉潔一點也不陌生，點了點頭說：「很好。」

雖然說這是兩人初次見面，不過高梓蓉的個性算是挺落落大方的，加上曉潔也不內向，於是兩人就這麼在正殿門前聊開來了。

高梓蓉問了一些關於阿吉在學校的情況，曉潔不敢講得太明，只好敷衍過去，畢竟阿吉再怎麼說也是正在為了自己的性命，在辦公室裡面跟頑固老高交涉，自己在這邊等待的時候出賣他，也太沒有義氣了。

從高梓蓉的一些話語裡面，曉潔大概知道高梓蓉以前曾經在么洞八廟住過一段時間，才會跟阿吉熟識，而何嬤當時對她也很照顧，因此只要她有上台北，一定會去么洞八廟找何嬤敘舊。

「對了，」這時曉潔突然想到一個人，轉而向高梓蓉問道：「阿畢哥是不是也是這邊的弟子？」

「啊？」高梓蓉顯得有點訝異地說：「怎麼妳知道阿畢啊？」

曉潔把先前為了破煞，阿吉與阿畢曾經聯手合作的事情告訴了高梓蓉。

「可惡，」高梓蓉聽完之後啐道：「有這種事情阿畢那傢伙竟然沒跟我說？」

這讓曉潔有點擔心，自己會不會因為大嘴巴而害到了阿畢，可是阿畢倒也沒提過不能告訴其他人就是了。

「等等，」高梓蓉突然想到什麼似的，皺起眉頭說：「所以妳的意思是妳們班那時候有一個人中煞，而且是三煞合一，另外還有一個同學惹餓，然後現在妳又纏凶？這機率也太胎割（噁心）了，該不會是阿吉自己搞的鬼吧？」

想不到高梓蓉竟然會說出跟阿畢類似的話，這讓好不容易才相信阿吉的曉潔，突然又動搖了起來，瞪大雙眼反問高梓蓉：「阿吉真的做得到嗎？」

高梓蓉這邊完全沒料到會被曉潔這樣反問，因此先是一愣，然後皺著眉頭說：「啊？我是開玩笑的，妳聽不出來嗎？」

高梓蓉撇了撇嘴之後，正色地說：「先別說阿吉做不做得到，重點是妳的老師阿吉不是這樣的人，這樣懷疑自己的老師是不好的。」

被高梓蓉這樣說，曉潔立刻一臉愧疚地低頭說：「對不起。」

畢竟這些話，不單單只是高梓蓉說而已，在過去這幾天以來，也一直迴盪在曉潔的心中。

因為不管怎麼觀察，阿吉都不像是這樣的人，如果不是這一切都太過於巧合，曉潔根本不可能會懷疑到阿吉身上。

「不，」看到曉潔坦率地道歉，反而讓高梓蓉有點不好意思地打著圓場說：「不是妳的錯，畢竟這也真的太詭異了，難免會讓人多想。不過真正了解阿吉的人就會知道，阿吉絕對不會做那種事情。」

曉潔的頭因為愧疚而越來越低。

「而且，」高梓蓉繼續說：「就算阿吉的人不值得信賴，阿吉也不可能會做出讓他師父丟臉的事情。這點光是他們師徒的感情，我就敢跟妳打包票了。再說，如果阿吉是下咒的人，那他又何必這樣三更半夜帶著妳跑來台南，就只為了借符傘救妳一命呢？」

高梓蓉話還沒說完，愧疚的淚水就已經在曉潔的眼眶裡面打轉，如果阿吉在這裡，說不定曉潔都哭著下跪了。

想不到自己的幾句話，竟然讓曉潔愧疚到都快哭了，高梓蓉豪爽地笑著安慰曉潔說：「哈哈，沒事啦！別那麼沮喪，發生那麼多事情，的確會讓人不禁懷疑身邊的人。像我啊，就一直覺得阿畢不知道在搞什麼鬼，竟然連跟阿吉合作這種事情都不告訴我，最近老是往外跑，連我爸都不知道他整天到底都在忙什麼，要說有鬼，他才有鬼咧。真讓人不爽，不管！我要爆他的料！」

高梓蓉轉向曉潔問道：「妳見過阿畢吧？」

曉潔點了點頭。

「看起來是不是痞痞的？」

曉潔遲疑了一會之後，又點了點頭。

「其實啊，」高梓蓉做著鬼臉說：「阿畢以前完全不是那個樣子，以前的他啊，幾乎跟我爸是一個模子刻出來的，頑固、不擅言詞、害羞，我常常說他們兩個就是什麼樣的人收什麼樣的徒弟。結果咧？不知道他是哪根筋不對，去呂偉道長那邊一年，應該是要去學口訣的，結果口訣沒學會多少，倒是阿吉的樣子學了七、八分，真是受不了！」

雖然高梓蓉說得很生動，不過曉潔完全沒辦法想像阿畢不擅言詞又害羞的模樣，也只能苦笑。

就在這個時候，阿吉與頑固老高兩人從辦公室走了出來，看起來似乎有了共識。

曉潔與高梓蓉也看到了兩人，因此停下了交談，看著兩人逐漸朝這邊走來。

「可惜的是，阿畢根本就不了解阿吉……」

身後的高梓蓉，以這樣的一句話，作為兩人聊天的結尾。

至於這句話，到底又什麼意涵，此時此刻的曉潔，根本不可能了解。

4

對於自己如何說服全鍾馗派最頑固的頑固老高，讓他願意破戒打開保險櫃，讓自己拿鍾馗符傘來救曉潔一命，阿吉並沒有多說。

但是曉潔當然也清楚，這不是一件簡單的事情。

加上剛剛又被高梓蓉唸了一頓，讓曉潔有點猶豫是不是該跟阿吉坦白自己懷疑他，並且好好跟他道歉。

此刻頑固廟的正殿燈火通明，幾個工作人員圍在門前，看著頑固老高祭拜鍾馗祖師，祭拜結束後就會移開祭壇，拿出在祭壇下方保險箱中的那把符傘。

阿吉與曉潔則站在距離正殿有一小段距離的廣場上，周圍並沒有任何人，因此現在或許正是道歉的好時機。

因為曉潔的內心正在掙扎，阿吉看到曉潔的臉色，以為她是在擔心自己的情況，拍了拍曉潔的肩膀安慰她說：「別那麼緊張，只要有符傘，凶並不算難對付。事實上，凶這個靈種可能是不分門派，所有道士最常接觸到的。」

「啊？」完全不知道阿吉為什麼會突然這麼說的曉潔一臉訝異。

「凶靈，」阿吉解釋道：「其實就是我們常說的怨靈，這些其實都是相同的東西。以風水的角度來說，人在死亡的時候，會從體內產生一股氣，懷恨而死的人，所產生出來的就是怨氣，這樣的怨氣就容易形成怨靈。雖然各家解釋多有不同，不過大致上就是這麼一回事啦。」

曉潔很想跟阿吉說，自己並沒有因為這點而苦惱，但是阿吉仍然自顧自地一直說下去，讓曉潔完全找不到時機可以插話。

「雖然說，」阿吉接著說：「各家各派收服凶靈的方法多所不同，但是對我們鍾馗派來說，只要有符傘，我們幾乎就有百分之百的勝算。這是因為不管從古至今，所有道士最容易遇到的案件，幾乎都是以凶靈為主。畢竟只有這種時候才會想到道士，而且也因為比較凶，所以沒辦法無視。因此長年下來，雖然口訣或許有所缺漏，但是以經驗來說，這方面我們也最駕輕就熟。雖然凶靈力量通常都不小，但是只要能夠照著口訣，加上鍾馗祖師過去所用的法器餘威，幾乎可以說是沒有什麼危險，所以妳也不用太擔心啦！」

「我……」

曉潔本來想要說「我完全沒有擔心啊。」不過話還沒說完，就看到正殿門口的工作人員向兩人招手。

「走吧，要開金庫了！」

阿吉一邊說，一邊就往正殿移動了，曉潔也沒機會把話說完。

兩人走向正殿，才剛到門口，就看到祭壇已經被移開，而祭壇下面，正是一個金庫的門。

跟在么洞八時看到的那種大大的金庫不一樣，頑固廟的金庫是一個長條型的金庫，看起來就好像是專門為了那把符傘打造的一樣。

上了年紀的頑固老高彎下身子，小心翼翼地將金庫的鎖打開。

打開金庫，先露出訝異表情的是頑固老高，然後就好像傳染病一樣，所有表情瞬間一一浮現在所有人的臉上。

正殿頓時一片沉默，但是訝異至極的表情卻浮現在所有人的臉上。

雖然這是曉潔第一次看到這個金庫，但是不管怎麼看，那都是一個空空如也的金庫，裡面什麼東西也沒有。

「……傘呢？」愣了好一陣子的頑固老高，厲聲問道：「符傘呢！」

但是在場的所有人都只能面面相覷，沒有任何人知道符傘的下落。

頑固老高猛然一站，突然卻又因為過度驚嚇，整個人身子一軟，竟然就這樣暈了過去。

這下可真的瞬間讓正殿亂成了一團，也讓整座頑固廟陷入一片混亂之中。

所幸頑固老高只是因為激動而稍微暈過去了一會，身子看起來沒什麼大礙，不過符傘失蹤可不只是頑固廟的一件大事，也是鍾馗派的大事。

相較之下，恐怕除了阿吉之外，根本沒人會在意一個小姑娘的死活了。

畢竟流傳超過千年的鍾馗符傘，竟然會突然憑空消失，這可是頑固老高就算自刎也沒辦法對得起列祖列宗的大事。

「不行，」就連平常處事都很冷靜的高梓蓉，臉上也露出了驚慌的表情：「阿畢的手機完全不通。這傢伙到底死到哪裡去了？」

在找不到阿畢的情況之下，所有頑固廟的工作人員，都在高梓蓉的調度下，先送頑固老高回到房裡休息，然後開始著手調查關於符傘的下落。

有鑑於現在頑固廟處於泥菩薩過江，自身難保的情況，阿吉也只能趁著空檔，向高梓蓉道別。

「那你們兩個怎麼辦？」高梓蓉皺著眉頭問。

沒了鍾馗符傘，幾乎沒有法力的鍾馗派道士，可以說毫無勝算。這點不只高梓蓉，阿吉當然也非常清楚。

「還能怎麼辦？」阿吉聳了聳肩說：「就只能用別道了。」

「你知道你在說什麼嗎？」高梓蓉聽了板起臉來說：「用別道對抗凶，賠上的說不定不只有這個小姑娘的命，連你自己也可能會死啊！」

一旁的曉潔雖然不知道「別道」是什麼，但是聽到高梓蓉這樣說，也不免垮下了臉看著阿吉。

「沒時間了，」阿吉卻沒有特別反應，只是淡淡地說：「我們要先離開了。」

「你要去哪裡？」

「……五夫人廟。」

當阿吉說出這座廟的名字，不只有高梓蓉一臉訝異，就連曉潔都覺得驚訝。

因為，這是間連曉潔都聽過的廟，同樣是在台南，而且還算是頗有名氣的一間廟宇。

「……你真的是瘋了。」高梓蓉沉默了良久之後，搖著頭說。

當然曉潔完全不能了解兩人話中的意思，畢竟這些都是只有鍾馗派才會知道的事情。

所謂的別道，指的是鍾馗派口訣之中留下來的一些線索，循著這些線索，用完全不同於口訣所述的辦法去降妖伏魔。

鍾馗所留下來的口訣博大精深、內涵深奧，因此除了口訣所述的那些辦法之外，在這些口訣的字裡行間，也留有許多線索，相傳在這些線索之中，也藏有其他降妖伏魔的辦法。

所謂的口訣，不過就是在眾多辦法之中，最穩當也是最安全的方法，其他的方法，其實也都有隱藏在口訣之中，必須得要看收鬼伏魔時候的情況來做最好的判斷，那些關鍵的事物，往往會藏在一些看似不重要的字詞之中。

會用到別道，多半都是在實際的收鬼行動中，沒有辦法做到口訣所述，又無法脫身，才會產生這種可以算是「臨機應變」的應對方法。

在早期，這是鍾馗派道士們在遇到危機時候的最後一步棋，但是到了口訣多所缺失的今日，別道反而成為一些只有經驗豐富的道長，才會用來對抗靈體的辦法之一。

在這之中最具代表性的翹楚，不是別人，正是阿吉的師父，么洞八道長呂偉師父。

畢竟即便是北派所傳承下來的口訣，也有很多缺失，因此能夠靠著這些殘缺的口訣，完成收服一百零八種靈體的呂偉道長，所仰賴的就是經驗所磨練出來的別道。

但是，除了少數像呂偉道長這樣經驗豐富的高人之外，過去這超過千年的鍾馗派歷史之中，別道幾乎就等於死路一條，尤其是對抗高階的靈體，選擇別道與死無異，成功率出奇的低，因此而喪命的道長，更是不計其數。

所以即便是經驗豐富的道長，也不會輕易選擇用別道，會選擇別道，多半也是因為至親身受其害而不得不的為難。

像這樣為了一個小姑娘，阿吉竟然會選擇別道這種寧可賭上自己生命的作法，讓高梓蓉非常不能理解。

「阿吉……」高梓蓉凝視著阿吉片刻之後，一臉肅穆地問：「值得嗎？」

「就像我師父說的，」有別於高梓蓉的肅穆，阿吉一臉輕鬆地笑著說：「義無反顧。」

說完之後，阿吉轉過身，向曉潔示意要走了，便頭也不回地朝著外面走去。

曉潔並不了解高梓蓉，但是阿吉了解。

如果是平常，高梓蓉這時候一定會垮下臉嘲諷道：「阿不就好棒棒？」

但是此刻，高梓蓉卻只是瞪大了眼，目送著阿吉的背影。

因為她非常清楚，這，很可能是自己這輩子最後一次看到阿吉。

第7章．凶險

1

五夫人廟，是座廟塚合一的陰廟，裡面所祭祀的是五位隨王而死的妃子。

這是曉潔還沒有踏入廟中就知道的事情。

曉潔之所以會知道這些事情，是因為廟宇所在的位置，鄰近一所大學，而曉潔正好有個表姊去年才剛從那所大學畢業。

這座廟的名氣之大，就連鄰街也是以廟名當作街名。

兩人搭著計程車來到了廟前，在車上的時候，阿吉就已經打了通電話，聯絡廟裡的人員。

有別於剛離開頑固廟時的輕鬆態度，不知道為什麼，上了車之後的阿吉，神情就非常沉重，那種感覺並不像是即將面臨一場惡鬥，反而像是家裡的人有了什麼意外或病重似的，帶著些許的哀傷。

這讓曉潔很不能理解，但是也不想要多問。

畢竟，看著阿吉這樣為了自己而奔走，內心有太多說不出的感受。

只怕一開口，就停不下來了。

廟本身位於市街之中，即便到了深夜的此刻，也不至於到毫無人氣的感覺，可是外面的紅色磚牆，還是給了曉潔一種毛骨悚然的感覺。

曾經聽過表姊說過關於這座廟的傳聞，似乎一入夜女性就不能進去這座廟，就算白天要進入也需要有男性的陪伴。

此時已經是午夜時分，四周是一片寧靜，在這種氣氛之下走入這座廟，實在有種說不出的詭異，尤其又是在這種自己被凶靈纏身的情況之下。

該不會有什麼恐怖的女鬼突然出現吧？

兩人才剛走入廟裡面，曉潔心中就浮現出這樣的想法。

誰知道腦海才剛浮現這樣的念頭，遠處竟然真的出現了。

一個身穿白衣的少女，非常迅速地朝著兩人這邊而來。

「出、出現了！」

曉潔嚇到整個人向後跳了一大步。

可是阿吉卻沒有半點反應，那白衣少女轉眼間便奔到了兩人面前，並且朝著阿吉撲了上去。

「哈哈哈哈，」白衣少女笑著說：「好久不見啦！阿吉！」

少女抱著阿吉，完全沒有半點意識到一旁還有個驚魂未定的女孩跟在阿吉的身邊。

這女的到底是人是鬼啊？

會有這樣的疑惑，是因為在此時此刻，按理說不應該會有任何正常人在這樣的陰廟裡穿著白衣遊蕩，加上少女的臉真的是一片慘白，沒有半點血色，因此即便少女抓著阿吉開心地笑著，曉潔還是不知道她到底是人還是鬼。

「真是對不起，」阿吉對著少女說：「需要拜託妳這件事情。」

「哪裡，」少女燦爛地笑著說：「我的命是阿吉你救的，我不是跟你說了，如果以後有任何需要我幫忙的地方，一定要來找我喔。」

這時少女放開了阿吉，曉潔才好不容易可以好好看清楚眼前這個女孩。

少女身材嬌小，面貌還有點稚嫩，從外表看起來，差不多應該是小學高年級的年紀吧。

「不，」阿吉搖著頭說：「如果不是走投無路，我一點也不希望這樣，因為我也不希望妳……」

「放心啦，」少女反而笑著踮起腳尖，拍了一下阿吉的胸口說：「你要相信自己，我都對你有信心了，你怎麼可以對自己沒信心呢？」

「這不是信心的問題。」阿吉皺著眉頭一臉歉意地說。

「凶不傷宿，」少女說：「這也是你師父說的啊，倒是你自己要小心一點，等等的我可是沒人性的啊。快進來準備吧，時間不多了。」

少女領著兩人來到了廟門前，示意兩人在門外稍等之後，自己一個人先進去廟裡面。

「大概五、六年前吧，」阿吉突然對曉潔說：「我跟師父曾經在這裡，用別道對付一個凶靈，這是我選擇來台南的另外一個原因，如果沒有辦法動用到符傘，至少還有這裡可以當備案。當時我跟師父接到了一個很難纏的案件，是一家人被凶靈纏身，那時候我們手邊並沒有鍾馗符傘，因此情況大致上來說，就跟現在差不多。眼看著他們一家人，一個接著一個被那凶靈所殺，師父他沒辦法，只好賭一把，才保住他們家最後的血脈。唯一倖存下來的，就是剛剛那個女孩。」

從外表看起來那麼開朗的少女，實在很難想像竟然是一家都被凶靈殺害的倖存者，因此曉潔也不免在心裡替少女感覺到難過。

「她叫做小悅，」阿吉說：「我們現在要做的，就是透過小悅的幫忙，複製那時候的經驗，而首先要做的，就是先把凶靈逼出來，妳有看過恐怖片嗎？」

曉潔點了點頭。

「恐怖片裡面的鬼魂，」阿吉解釋道：「不是都常常趁著被害人落單的時候才動手的嗎？現實生活中，大概也是這樣啦。鬼魂總是會在人們精神比較虛弱的時候動手，所以像是深夜，或者是人落單的時候，多半都是精神力比較虛弱的時刻，這也就是為什麼許多鬼故事都在夜深人靜的時候發生，這就是所謂的趁虛而入。我們現在要改變的就是這個情況，從被動轉為主動。我們把她逼出來，場地跟時間至少是我們說了算，全部都照我們的來，也算是一種主場優勢吧……希望是。」

「可是逼出來之後呢？」曉潔不解地問。

「這座廟本身就是凶廟，」阿吉看著四周說：「一旦在這裡現身，她想逃也逃不出去，不過對我們來說大概也是。講白一點，對我們來說這是背水一戰，對她來說是困獸之鬥。」

「怎麼說？」

「小悅她從小身體就不好，」阿吉皺著眉頭說：「感應力又特別旺盛，當年那個纏著他們家的凶靈，就是想要上她的身。最後我師父心想乾脆將計就計，真的讓那凶靈上了她的身，這算是招險棋，不過最後因為凶靈上了她的身反而好對付。因為她從小不只筋骨有問題，就連體力也很糟，上了她的身，鬼魂的力量沒辦法發揮，傷害力因此大減。不過正是因為當時這樣對抗過凶靈，也造成了現在的她元神大傷，不能離開這座廟。」

「什麼？」曉潔聽了瞪大了雙眼，一臉難以置信的表情。

竟然一輩子都得住在這座廟裡面，這到底是……

這時曉潔突然想起，自己以前好像有聽表姊說過，她的同學曾經在很晚的時候經過五夫人廟，看到一個小女孩就坐在廟前，感覺很詭異，以為遇鬼了。

那個小女孩，該不會就是小悅吧？

「所以啊，」阿吉打斷了曉潔的思緒，點著頭說：「小悅她是我看過最樂觀的人，如果不是樂觀，正常人可能早就自我了斷了。」

「我有試過啊，」門後面突然傳來小悅的聲音說道：「可是我搬不動椅子。好不容易才用竹竿把繩子掛上去了，卻搬不動椅子，真是丟臉。」

小悅說完之後，身上穿著一件黃色的衣服走了出來。

「阿吉你看！」小悅笑著說：「這是道長六年前幫我做的衣服，到現在還可以穿耶……唉，我還真的是長不大。」

小悅天真爛漫、毫無心機的可愛模樣，就連同樣身為女生的曉潔都不免有點看傻了眼。

「好啦，」小悅催促著兩人說：「現在換你們兩個去準備吧。」

2

曉潔跟著阿吉與小悅一起走進了廟宇內部。

在穿越了寫著「非廟方人員請勿進入」的告示之後，三人來到了一個看起來非常簡樸空蕩的房間。

進門之後，只見左右兩側各有一張靠牆的桌子，左邊桌子的牆上掛著一面鏡子，右邊桌子的兩端各擺了一張椅子，而兩張桌子上面都有一些看起來像是書寫用具的東西，除此之外房間內就沒有其他任何物品了。

一進到房內，阿吉毫不猶豫地走到了鏡子前面，立刻就脫起衣服來。

「你、你幹嘛！」還不知道現在到底要做什麼的曉潔見狀，立刻指著已經裸著上身的阿吉叫道。

「脫衣服啊，看不出來嗎？」原本面對著鏡子的阿吉轉過身來說。

突然和赤裸著上身的阿吉對上眼，讓曉潔瞬間不知道眼光該往哪裡擺比較好，趕緊別過頭去。

「這我當然知道，」曉潔叫道：「我的意思是你為什麼要脫衣服？」

「畫符啊。」阿吉理所當然地說：「妳也快脫吧，沒多少時間了。」

「啊？」曉潔張大了嘴，一臉不敢置信。

「雖然凶靈選擇上我們兩個身的機率比較小，」阿吉說：「不過為了以防萬一，還是在身上畫個符會比較保險，至少也可以把它當作是護身符。」

「不能在衣服上貼符咒，或者直接把符畫在衣服上就好了嗎？」曉潔一臉為難地說。

雖然已經知道阿吉這麼做是有原因的，但曉潔還是希望可以不要裸體畫符，更何況阿吉還曾經有過明明貼符就可以解決卻要她換上兔女郎裝的前科。

「不行。」阿吉斬釘截鐵地說。

阿吉表現出來的態度堅決，讓曉潔沒有任何可以商量的空間，都已經到了這個地步，曉潔也只有乖乖照做了。

「不過妳放心，」阿吉接著說：「幫妳畫符的是小悅，不是我。」

聽到阿吉這麼說，曉潔卻是一則以喜，一則以憂。

喜的是還好不需要裸體給阿吉看，憂的則是小悅畫符……真的沒問題嗎？

彷彿聽到了曉潔的心聲，小悅搶著自誇說道：「這種符我很會畫喔，因為我幾乎每天都要自己畫符，已經畫六年了，我說不定閉著眼睛畫都比阿吉好看。」

聽到小悅這麼說，曉潔心中浮現的卻是一股哀傷的感覺。

小悅究竟都是過著什麼樣的日子，曉潔真的難以想像。

「阿吉你趕快轉過去啦，」無視曉潔的心疼，小悅對阿吉揮著手說：「我要幫姊姊畫符了，你絕對不可以偷看喔。」

阿吉露出了「是、是」的無奈表情，轉過身去，拿起桌上已經準備好的畫符工具，看著鏡中的自己，正要在胸口畫下第一筆的時候，突然聽到後面傳來了小悅的聲音。

「姊姊，妳不用害羞，」小悅說：「阿吉敢偷看的話我一定給他好看。」

聽到小悅這麼說，阿吉的眼睛不自覺地瞇成了死魚眼，心想著那小丫頭還真以為她能夠拿自己怎麼樣嗎？

不過這並不重要，現在眼前可是還有更要緊的事情要做，因此阿吉很快就定下心來，繼續專注在畫自己的符上。

豈料筆尖才剛碰到身體，後面又傳來了小悅的驚呼聲。

「哇！姊姊，妳的奶奶好大喔！」小悅發出嘆為觀止的聲音說：「而且又白又圓，看起來好嫩，好漂亮喔！」

嗯？怎麼現在是在演哪齣？

阿吉一聽，拿筆的手瞬間定在半空中，整個耳朵都豎了起來，將注意力全都放在自己身後。

「我可以摸摸看嗎？」小悅興奮地問。

什麼！這種東西是可以分享的嗎？

聽到小悅這麼問，阿吉瞪大了雙眼，似乎也跟著期待了起來。

「哦哦哦！好軟喔！」小悅叫道。

來人啊！這絕對是在引誘犯罪！

阿吉在心中吶喊著，就連原本握著筆的手，此刻都已經變成了握拳的狀態。

不行，要專心，現在可是命在旦夕，分秒必爭，沒空去想這些六根不清淨的事情。

阿吉閉上雙眼，在心中這麼告訴自己之後，深呼吸幾次調整了一下心情，好不容易才平靜下來。

再次張開雙眼，阿吉一臉專注地看著鏡中的自己，將筆對準胸口之後，終於畫下了第一筆符文。

「姊姊妳不要動嘛。」

這時小悅的聲音突然又傳進了阿吉的耳中。

「可是會癢啊……」曉潔聲音有點顫抖地笑著說。

「妳一動，奶奶都會抖來抖去的一直晃，很難畫耶。」小悅語帶抱怨地說。

天啊！這到底是——

聽到這裡，好不容易維持住的理智已經徹底斷線，阿吉再也按捺不住，立刻停下手邊的動作。

猛一回頭，啪的一聲，阿吉立刻被潑了滿臉的墨汁，眼睛連張都張不開。

「阿吉色狼。」小悅潑完墨汁之後冷冷地說。

「天大的誤會啊！」阿吉一邊用手想要把臉上的墨汁擦掉，一邊找藉口喊冤：「我只是想要看妳們的符有沒有畫錯，絕對沒有任何非分之想啊。」

當然，這話不論聽在小悅或曉潔耳中，兩人都是絕對不會相信的。

而心癢難耐的阿吉，則認為自己恐怕是被這兩個小妞給設計了，就算她們不是故意的，阿吉也相信沒有多少男人可以充耳不聞，因為這實在是太奸詐了，自己是無辜的啊。

不過不管是故意的也好，無心的也罷，因為有了小悅的這段插曲，阿吉與曉潔兩人，此刻才終於真正放鬆了一下心情。

3

比較快準備好的阿吉，被小悅給趕了出來，此刻的阿吉已經再次換上他那身耀眼的金色道袍。

好不容易等到曉潔出來的時候，阿吉已經做好了準備，在地板上面畫上了一些符文，裡面也包含著一些圖形，這些都是曉潔先前沒有看過的。

「如果準備好了，」阿吉對兩人說：「就趕快開始吧。」

阿吉帶著曉潔到地板上畫的一個圈圈裡面說：「等等只要一確定那凶靈上了小悅的身，妳就退到旁邊去，不過在她上身之前，無論如何都不要離開這個圈圈。」

等曉潔站定位之後，小悅也自己站到了曉潔對面差不多幾公尺遠的地方。

阿吉則站在兩人身邊，拿出了一個符咒，然後在口邊唸唸有詞了一會之後，將符咒貼在地上，接著用腳用力一踩。

踩完之後，阿吉沒有半點動作，對面的小悅也是低著頭，沒有半點反應，這反而讓曉潔突然想到了一個重要的問題。

她要怎麼知道小悅到底被上身了沒？

等了一會，其他兩人還是沒有動靜，曉潔也不知道該怎麼辦，正打算開口問，想不到話還沒說出口，就看到了小悅臉色突然變得十分猙獰，並且朝著阿吉跳過去，突然就揮出了一拳。

這一下來得極快，阿吉根本來不及閃避，就這樣被小悅給重重地揍了一拳。

偷襲得手之後，小悅立刻跳開，與阿吉保持著一定的距離。

這時曉潔才看清楚，此刻小悅原本可愛的模樣已經完全消失，變成了雙眼上吊、面目扭曲的詭異模樣。

原來這就是被鬼上身的樣子？

心中雖然感到震驚，不過曉潔還是記得阿吉交代的事情，立刻從圈圈中跑到廟旁，退到了一邊去。

「想不到幾年不見……」阿吉摸著自己的下巴說：「這姑娘變壯了不少啊，好痛啊。」

雖然這一下紮實地打在了阿吉的臉上，不過，相對之下，小悅出拳打阿吉的那隻手，竟然無力地垂擺在胸前。

這女孩，竟然打人一下手就脫臼了？這身子也還真不是普通的虛啊。

曉潔這下終於相信阿吉所說的，關於小悅從小就特別虛弱的這件事情了。

只是曉潔作夢也沒有想到，竟然可以虛弱到這種地步？

有別於曉潔的驚訝，阿吉希望自己可以一次就把對方逼入絕境，因此一開始就打算速戰速決，減低小悅的痛苦。

沒給小悅體內的凶靈太多時間，趁她還愣愣地看著那隻在胸前晃動的手臂之際，阿吉快速衝了過去。

朝著小悅一腳踢過去，阿吉快速地擺出了一個架式，這個架式曉潔並不陌生，那正是魁星七式的起手式。

這已經是曉潔第三次看到魁星七式的起手式了，然而這一次阿吉不再只是擺擺架式，而是真的朝小悅攻了過去。

兩人很快便纏鬥在一起，阿吉這邊採取了主攻，但小悅那邊也不願意只是挨打。

只見阿吉腿一踢，身一轉，儼然又是一個魁星踢斗，就好像事先套好招一樣，不管小悅如何攻擊，最後總會被阿吉化解，並且以一個魁星踢斗作收。

這就是魁星七式？

在各種不同的情況之下，幾乎每一下，最後都是以魁星踢斗的姿勢收場。

而也是最後的這個姿勢，會讓小悅整個人飛開，就好像被人重重的擊中一拳一樣。

打從一開始阿吉便一直很主動進攻，小悅雖然有時候還是會反擊，但卻都很輕鬆就被阿吉化解掉了。

從旁邊看起來好像非常順利，一切情勢都站在阿吉這邊，小悅完全沒有辦法威脅到阿吉。

這讓曉潔開始有了樂觀的想法，只是曉潔不曉得的是，情況其實是完全相反的。

在這七式之下，雖然阿吉虎虎生風，彷彿佔盡了上風，但卻是越打越無力，越來越被人看穿了手腳。

果然，一開始搶攻是錯的。

阿吉內心這樣想著。

這魁星七式，是鍾馗派的傳人才會學的不外傳絕技，雖然乍看之下就好像一般的武術招式，但實際上卻是打鬼利器，不管多強大的鬼魂，這七式都具有一定的殺傷力，因此儘管是再凶狠的鬼魂，都不見得可以承受得住。

當然除了打鬼之外，就算當成一般武術也足以自保，這些拳腳打在人的身上，也具有一定的傷害力。

但是偏偏現在卻是打在小悅身上，痛在阿吉心上。

再怎麼說，現在肉身還是小悅的，因此每每只要動手，阿吉都是雷聲大、雨點小，到最後總是沒辦法用盡全力打。

彷彿也看出了這一點，因此每當阿吉動手的時候，那個凶靈都會躲進元神之中，讓本來的小悅來承受這些拳腳功夫。

阿吉對肉身的不忍，早就已經被那個凶靈看穿了。

完全不珍惜肉身的凶靈，反而因此越來越行動自如。

就這樣一連進攻了十多分鐘之後，兩人才終於分開，阿吉用手撐著膝蓋，上氣不接下氣，小悅那邊卻是跛著腳，側著頭看阿吉。

「兩手一腳了……」從小悅的口中流瀉出一個詭異的女子聲音說：「嘿嘿，你真的要殺了這個小姑娘嗎？」

阿吉沉著臉不發一語

「殺了她……」女子叫道：「我也不一定會死！因為……我已經死過了一次！」

女子叫完之後，尖叫了一聲，立刻朝阿吉撲了過來。

想不到對方只剩下一隻腳還算安然無恙，竟然也能如此迅速地撲過來，阿吉愣了一下才趕緊向後一跳。

阿吉不敢動手，深怕真的活生生把小悅給打死，因此只能盡可能閃躲。

但是已經被人看破手腳的情況之下，小悅體內的凶靈怎麼可能放過這樣的機會。

一個不小心，阿吉就這樣被小悅撲上了背，即便已經脫臼了，小悅的手仍然一甩，纏住了阿吉的脖子。

冷不防地被小悅抱住，阿吉倒也不緊張，畢竟現在雙手單腳受創的她，應該不至於造成什麼樣的傷害才對。

「嗚啊！」

才剛這麼想，阿吉的肩膀立刻一陣劇痛，整個人叫了起來。

阿吉立刻將小悅抓起來，朝旁邊一摔。

可是為時已晚，阿吉的肩頭已經滲出血來。

對方竟然用咬的！

這下完全出乎阿吉的預料之外，想不到對方竟然手腳都廢了一半還能用嘴巴來當作武器。

這可是上一次自己跟師父一起對抗凶靈時沒有出現過的狀況。

沒有給阿吉太多思考的機會，小悅才剛著地，立刻就又撲了上來。

兩人就這樣陷入了一場妳咬我閃的纏鬥，不管阿吉怎麼閃，總是會不小心就被小悅給纏住。

上一次對付的凶靈是個男性，因此似乎壓根沒想到要用咬的，這一次對付的是個女性，想不到她竟然用上了小悅全身上下，可能是唯一跟一般人一樣健康的嘴巴，這下阿吉還真是人算不如天算，怎樣都沒有料到，對方竟然會來這一招。

小悅體內的凶靈，在看穿了阿吉對肉身有所顧忌而不敢全力攻擊之下，出手變得十分主動，而且幾近奮不顧身。

阿吉這邊則完全沒料到對方竟然會想盡辦法用嘴來攻擊，如果咬不著，就用頭撞。

這下阿吉知道自己真的是徹底失算了。

不過即便知道失算了，又能如何呢？

總不能下一次連小悅的牙齒也要拔光吧？

不，這件事情絕對不能讓小悅知道，不然那小傢伙鬼靈精怪的，說不定會自己想辦法把牙齒弄掉。

阿吉胡思亂想的結果，就是又被小悅咬了幾口、撞了幾下。

可是，就算阿吉沒有胡思亂想，還是會處於一路挨打的情況。

想不到戰況會這樣急轉直下，原本還以為阿吉佔有優勢的曉潔，現在看到阿吉這樣一路挨打，不免也擔心了起來。

可是不管曉潔多麼擔心，也沒辦法幫到阿吉。

小悅的速度真的不是普通的快，加上那種不知痛楚的不要命打法，阿吉這邊根本找不到任何機會可以反擊。

從來都不知道一張嘴竟然可以有那麼恐怖的攻擊力，阿吉真的是一邊打，一邊感到驚訝不已。

兩人纏鬥不過十來分鐘，小悅的齒痕已經幾乎佈滿了阿吉全身各處，就連頭部都因為被她啃了幾下，導致血流不止。

一個不小心，血液流入了眼睛，阿吉一陣刺痛，用手一揉，小悅又趁隙撲了上來。

滿臉是血的阿吉這下也真的火大了，一把抓住小悅的頭髮斥道：「妳可別太小看我了，妳以為我就只有這麼一點能耐嗎？」

阿吉話才剛罵完，用力一扯，將小悅扯到了自己的面前，順勢擺出了一個魁星踢斗的姿勢，然後用翹起來那一腳狠狠地踢在了小悅的肚子上。

這招本來就是打鬼用的，腳一踢當然不只踢在小悅的肉身上，就連那體內的凶靈也被這一腳所傷，整個連人帶鬼飛了出去。

想不到阿吉會突然反擊，並且不顧肉身似的直踹腹部，沒料到會來這一下的凶靈，也因此被阿吉給傷到了。

眼看局面不妙，被踢飛的小悅整個人順勢向後一翻，人就這樣消失在黑暗之中。

——就到這裡了。

阿吉比任何人都清楚，剛剛的那一腳只不過是虛張聲勢而已。

因為，他能做的就只到這裡了。

真是失策啊。

想不到這傢伙會那麼難對付，早知道就多帶點幫手來。

可是一旦有外人在場，用那段口訣的話……說不定情況反而會更加糟糕。

算了，這一切，或許就是命吧。

想到這裡，阿吉再也撐不住，雙腿一軟，整個人倒在地上。

一直在一旁看著兩人對決的曉潔，眼看阿吉放完狠話之後，便將對方打退了，阿吉也跟著倒了下來，曉潔趕忙跑到了阿吉身邊。

「你沒事吧？」曉潔擔心地問：「我們贏了？」

「沒有，」躺在地上的阿吉閉著眼睛說：「她只是躲起來而已。」

話才剛說完，阿吉又突然拉長脖子叫道：「有種就出來！我這一招保證會送妳下地獄！」

想不到阿吉會突然這樣嗆聲，曉潔也嚇了一跳。

豈料話才剛說完，阿吉卻比剛剛看起來還要更虛弱。

「噓……」阿吉勉強地伸出十根手指放在嘴前說：「那只是虛晃一招而已，我嚇嚇她的……其實我已經沒轍了。」

「啊？」

「如果我的法力，」阿吉咬著牙說：「可以再強一點的話……，可惡啊。對不起，我救不了妳……」

突然聽到阿吉這麼說，曉潔一時之間也不知道到底該怎麼辦才好。

「不過至少妳不用太難過，」阿吉苦笑著說：「黃泉路上我會陪著妳。」

「你到底在說什麼啊？」面對失去鬥志的阿吉，曉潔也急了：「誰要你陪啦！」

「喔，對了，」阿吉面無表情地說：「妳的那個問題，我現在給妳答案。」

「那個問題？」

「對啊，」阿吉張開眼睛，勉強將頭轉向曉潔說：「在冰櫃室的時候，妳不是問我有沒有感覺我們班上接二連三這樣發生這些事情很不尋常？」

「啊？」這個問題曉潔當然記得，只是那時候阿吉沒有回答，所以曉潔還以為他沒有聽到，想不到到了這個時候阿吉才突然提起。

「我當然有想過，」阿吉回過頭來，眼神空洞地看著漆黑的天空說：「不過我還是毫無頭緒，到底是誰會這樣做？而且又是為了什麼？不過我猜，多半是衝著我來的吧？或許這樣也不錯，不管那個人的目的是什麼，現在他也算是達成了。」

聽到阿吉這樣回答，曉潔心底的內疚，又再度浮上心頭。

「我知道，」阿吉淡淡地說：「妳懷疑是我搞的鬼。不然妳也不會那麼笨拙地差點在辦公室門口撞到我，更不會出辦公室之後，還笨拙地躲在樓梯口偷偷看我跟陳純菲。」

曉潔啞口無言地瞪大雙眼看著阿吉。

原來，自己的懷疑，阿吉早就都知道了。不愧是把斜視偷窺練成精的人……

「唉……我快要不行了，」阿吉有氣無力地說：「不過請妳相信我，我實在是比任何人都還想要抓到，到底是誰在搞我的……我的學生。」

阿吉說完之後，頭一點，就好像電視劇裡面那些斷氣的人一樣。

「不要！」曉潔見狀立刻哭了出來叫道：「阿吉！你不要死！我相信你！我相信你！」

阿吉聽了猛然張開眼睛，一臉不解地看著曉潔說：「我還沒死，只是很無力，所以休息一下而已。」

聽到阿吉這麼說，曉潔先是一愣，然後哭著罵阿吉說：「既然還沒死，幹嘛說這些洩氣話啊？」

「唉，」阿吉搖搖頭說：「我也不想啊，但是除非有我師父在，不然啊，我一個人實在壓不下她。」

此刻的小悅仍然不知道躲在廟地範圍的哪個角落，不過可以確定的是，她不可能離得開廟的範圍。

「唉，」阿吉皺著眉頭說：「小悅她要是回神之後，看到我們……一定會很傷心。不過，我不會這樣放棄的，就算要死，我也一定要拖著這女鬼當墊背的。」

聽到阿吉這樣說，曉潔一時之間也不知道該說什麼，她很希望阿吉回復過去那樣，一臉跩個二五八萬似的，好像沒什麼可以難得倒他的模樣。

可是，現在的情況曉潔也知道，這樣的要求，似乎是太過分了一點。

「她來了，」阿吉張大眼睛，面無表情地說：「扶我起來。」

曉潔扶著阿吉才剛站起來，就看到了小悅一拐一拐地朝著這邊而來。

阿吉揮了揮手，示意要曉潔趕快離開，雖然有點不願意，但是曉潔知道現在的自己也不能做什麼，只能乖乖回到廟旁靜靜地看著兩人最後的對決。

阿吉看著小悅，此刻的兩個人，都已經傷痕累累了，還能讓兩人撐住在這裡對峙，靠的都是內在的精神力。

小悅體內的那個凶靈，在恢復了一點元氣之後，發現自己似乎被阿吉給唬了，因此咬牙切齒地看著阿吉。

然而，事實上，阿吉也不全然是說謊，因為他的確有一招，可以拖著凶靈當墊背的招式，但是這招的代價，實在是太大了，因此不到最後關頭，阿吉實在不想要用。

可是，現在很明顯已經是最後關頭了，因為不管阿吉用或不用，可能都是死路一條，因此，阿吉也下定了決心。

「妳也算光榮了，」阿吉苦笑著說：「可以跟我一起同歸於盡。」

當然，凶靈不可能聽得懂阿吉在說什麼，不過阿吉一點也不在乎。

阿吉將手指拿到唇前，冷冷地說：「那麼我們就——」

「阿吉！」身後突然傳來一個叫聲，打斷了阿吉與小悅。

猛一回頭，果然見到一個熟悉的身影朝兩人這邊而來。

「梓蓉？」阿吉對著那身影叫道。

來的不是別人，正是被人稱為南派小公主的高梓蓉。

當然，對於高梓蓉的出現，阿吉不算太驚訝，不過這也意味著，自己已經不需要用同歸於盡的方法跟小悅身上的那個凶靈來個玉石俱焚。

「又來一個？」小悅歪著頭說：「不管來幾個都一樣！」

「哼，」阿吉苦笑著說：「妳這傢伙，死到臨頭還不知道。」

阿吉說著的同時，高梓蓉也跑到了阿吉身邊。

「這就是那個小妹妹？」

「嗯，」阿吉問高梓蓉：「妳有帶妳的本命來嗎？」

「廢話，」高梓蓉回答：「不然我是來看戲的嗎？」

「好，」阿吉說：「那就麻煩妳用跳鍾馗鎮住她。」

阿吉說完之後，還沒等高梓蓉回應，突然就跳向小悅，一把抓住了小悅的領子，並且將她往旁邊一摔。

這一下來得很快，不過小悅體內的那個凶靈也不是省油的燈，即便只剩下一隻腳能支撐還是保持住了平衡，才剛著地就立刻朝阿吉跳過去，兩人就這樣又纏鬥在一起。

高梓蓉趁著這個機會，從包包裡面拿出了一個鍾馗戲偶，並且開始準備跳鍾馗。

一邊準備的高梓蓉，很難不被地板上的那些符文吸引。

這就是別道嗎？

高梓蓉在心裡想著。

從來不曾用過別道來對付靈體的高梓蓉，看到了小悅那個樣子，再加上這座陰廟，以及地上那些符文，突然有了點領悟。

在凶的口訣之中，有提到一旦凶靈被逼到絕境，就會隨機附身在八字比較輕的人身上，然後一旦凶靈棲身在人身上，就必須避開所謂的陰氣旺盛的地方，因為這樣會讓凶靈更難從人身上驅離。

但是阿吉卻反行其道，非但選了這個極陰的陰廟，還刻意讓她上了人身，這可以說是完全違背了口訣，但是相對的，凶靈也被困在那個小女孩身上，想出也不容易出來。

這就是所謂的別道，用口訣裡面的東西，領悟出一條可以不照口訣所述的方法，來收拾凶靈。

不過高梓蓉當然也知道，這不是阿吉一個人想出來的，而是當年阿吉的師父正是在這裡用別道收服凶靈的。

這就是一零八道長的傳奇之中，最為人津津樂道的故事之一。

道上還有些道長笑稱，因為呂偉道長法力高強，才會特別選陰廟，以示自己藝高人膽大，但是真相卻是從口訣之中領悟出來的甕中捉鱉之計。

高梓蓉將鍾馗戲偶拿出來準備好之後，立刻向阿吉吹了聲口哨。

只不過短短的時間裡面，阿吉又被小悅咬了好幾口，眼看高梓蓉準備好了，阿吉當然不願意再跟小悅纏鬥下去，一聽到口哨聲，也不管小悅正啃著自己的肩膀，阿吉抓住了小悅的領口，用力將她朝高梓蓉那邊摔去。

即便運動能力驚人，小悅的體重還是很輕盈，因此阿吉每次只要有危險的時候，幾乎都是用這樣的方法來擺脫小悅的糾纏。

小悅被阿吉這樣一摔，仍然輕巧地用單腳著地，沒有受到任何傷害，正準備再朝阿吉攻過去的時候，身後突然傳來一聲喝斥。

「鍾馗祖師在此！妖孽休想放肆！」

小悅猛一回頭，果然見到一尊神武的鍾馗，就站在自己的面前。

就在高梓蓉短暫地壓制住小悅的時候，阿吉連臉上的血都沒有擦，立刻開始準備收服小悅的步驟。

高梓蓉雖然專注在跳著鍾馗，但眼角餘光還是很好奇，阿吉到底在搞什麼。

即便各派口訣有些不同，但是不管怎麼說，解決的方法應該都大同小異才對，但是現在阿吉卻做著一些高梓蓉完全不明白的事情。

當然對阿吉來說，一切都跟當年一樣，只是不同的地方是，當年在這邊忙著的是呂偉道長，而在那邊跳鍾馗的是年輕的自己，如此而已。

到了這一步，似乎簡單多了。

只是這或許是天意吧？

因為隨著這次事件，很可能那件事情想瞞也瞞不住了。

這點阿吉比任何人都還要清楚，這也是為什麼自己必須獨自進行的原因，但是獨自進行的結果，就是技不如人，打不贏，這也是沒辦法的事情。

高梓蓉這邊眼看自己一共七七四十九步的七星七步快要踏完了，她也非常清楚，踏完這四十九步，自己這邊就算收工了，到時候如果阿吉還是沒辦法搞定，她也沒辦法了。

高梓蓉望向阿吉，這時阿吉已經順勢將自己穿在外面的金色道袍脫了下來，將道袍一轉一拉，一把黑色符傘油然而生，接著阿吉也望向了高梓蓉，兩人默契十足地互看一眼之後，阿吉向高梓蓉示意可以動手了。

「破！」高梓蓉大喝一聲，接著踩下七星七步的最後一步。

小悅整個人在高梓蓉的壓制之下，抱頭哀嚎著。

「對不起，師父，我還是破戒了。」阿吉喃喃地說著，然後張大雙眼，朝著小悅衝了過去。

小悅在跳鍾馗的壓制之下，仍然感覺到了阿吉的攻勢，猛轉過身，將已經脫臼的雙手朝阿吉甩去，阿吉低身閃過之後，立刻順勢在小悅額頭上貼上了一道符。

符一貼上額頭，小悅立刻發出了淒厲的慘叫聲，然後整個人跪倒在地上。

阿吉一腳踩住了小悅的背，一手將那支由道袍變成的傘給撐開，對著小悅叫道：「以身囚凶鎮魂魄，凌雲七步破凶險，人凶靈，這是收妳的封魂傘！封！」

最後一個封字一下，小悅的身體立刻顫抖了起來，阿吉轉著傘，用力將傘一收，曉潔清楚地看到從小悅的身體之中，有一個白色的影子，被扯了出來似的，整個鑽入收起的傘之中。

傘一收，阿吉立刻順手用腰帶將傘給綁緊，然後拿出一條長長的符，繞傘一圈貼平。

與此同時，小悅身子一軟，整個人倒在地上。

在處理完傘之後，阿吉立刻跑到倒在地上的小悅身邊。

「阿吉？」小悅又再度回復到原本那天真少女的模樣問阿吉：「成功了嗎？」

阿吉抿著嘴點了點頭。

「好痛。」小悅身上的疼痛這時全部都甦醒過來了，臉上也因此流露出痛苦的表情。

「別動，」阿吉一臉歉意地說：「對不起，讓妳受了那麼多傷。」

「沒關係。」小悅勉強地笑著點了點頭。

阿吉將小悅抱起來，走進去廟裡面之後，過了一會才又走了出來。

阿吉走到了高梓蓉旁邊，突然正經八百地向高梓蓉深深一鞠躬說道：「謝謝。」

看著阿吉與小悅為了自己受了那麼重的傷，又看著阿吉為了自己，拚命不斷地向人道歉與道謝，曉潔的內心宛如刀割般內疚與難受。

「當然要好好謝我啦！」高梓蓉瞪大著眼說：「你這白癡，就這樣隨便一個人衝來這裡，也不帶點幫手。隨便就這樣為了一個女孩子衝動，要是丟了性命，你師父在天之靈會哭啊。」

「不是隨便一個女孩子，」阿吉搖搖手指說：「她是我的學生。」

高梓蓉聽了，先是一愣，然後白了阿吉一眼啐道：「阿不就好棒棒？」

此時高梓蓉的臉色還算溫和，不過轉瞬間，高梓蓉彷彿想到了什麼，臉色也跟著沉了下來。

「阿吉，」高梓蓉沉著臉問阿吉：「你剛剛唸的……並不是你們北派的口訣。」

高梓蓉本身也是鍾馗派的，雖然分屬不同派系，對北派的口訣也不是那麼了解，但各派系之間的口訣差異也不會太大，因此高梓蓉很清楚，那絕對不是鍾馗派的口訣。更何況別道是沒有口訣的，那麼剛剛阿吉唸的口訣又是怎麼回事？

「對。」阿吉當然也知道，這不可能瞞得住高梓蓉，沉默了片刻之後才緩緩地開口說：「……那是我師父留下來的口訣。」

此話一出，不只高梓蓉驚訝，就連曉潔也顯得訝異，因為曾經聽阿畢說，呂偉道長並沒有留下任何口訣。

「所以……」高梓蓉震驚地瞪大雙眼看著阿吉說：「傳言是真的？你師父，真的有留下全新的口訣？」

阿吉沒有回答，只是凝視著高梓蓉。

兩人都非常清楚，這件事情的嚴重性很可能遠在鍾馗符傘失蹤之上。

只是不管是高梓蓉還是阿吉，都沒辦法預想得到，這件事情，最後會為兩人的人生帶來多大的影響。

尾聲

在回台北的車上，曉潔因為連日的疲累，剛上車沒多久便沉沉睡去。

也不知道自己睡了多久，曉潔迷迷糊糊地醒過來時，看到坐在隔壁的阿吉，正拿著東西仔細地端詳著。

曉潔揉了揉睡眼惺忪的雙眼，然後靠過去看了一下。

阿吉拿著的，是先前警方留下來，陳伯手上拿著鍾馗戲偶的照片。

「怎麼了嗎？」曉潔問阿吉：「怎麼還在看這張照片。」

「我還是覺得有個地方讓我很在意，」阿吉看著照片說：「從照片看起來，陳伯恐怕在那之前，就已經被那女鬼傷了，曾經是道士也是醫生的他，一定知道自己大勢已去，所以在僅剩的時間裡，他想要保住的不是自己的命，他所做的這些只有一個目的，就是為了救妳。」

聽到阿吉這麼說，曉潔的眼眶又有點泛紅了。

「他打電話報警，」阿吉接著說：「是為了讓警方可以快點發現自己的死，然後接下來他做了兩件事情，一個是在牆壁上留下了ㄨ，另一個是翻出自己的本命鍾馗，將它握在手上。到目前為止，一切都還算合理，我們也順利解開了ㄨ的謎底，就是要告訴我們那個地方是凶宅，有凶靈。不過讓我不解的，還是這個鍾馗戲偶。我曾經到過陳伯的家裡，我知道這尊戲偶被收在儲藏室堆積的箱子裡面，要翻出這個箱子，對已經受重傷的人來說，應該是很麻煩又困難的一件事，所以陳伯會特地這麼做，應該代表著什麼意思才對。沒有解開這個點，讓我非常在意。」

曉潔點了點頭，的確這一點一直都沒有能夠解開，也真的讓人挺在意的。

「不過就在剛剛，」阿吉拿起手機說：「我接到了法醫的電話，他被指派負責解剖妳跟陳伯發現的那具用來養屍的屍體。他告訴我，屍體裡面的內臟全部都被取出來了。換句話說，那具屍體只有外殼保持著人的模樣，胸腔及腹腔的部分都被挖空了。」

曉潔略顯噁心地皺起了眉頭。

「這樣做到底有什麼意義？」

「這個意義，我想應該就跟這張照片有關了。」阿吉舉起了陳伯死前手上拿著鍾馗戲偶的照片說：「我仔細看了這張照片，鍾馗戲偶上面佈滿了血跡，可是卻不是不小心沾上去的，反而比較像是噴上去的。加上法醫跟我說的這件事情，我想我大概猜到為什麼陳伯手上會拿本命鍾馗的意義了。」

「什麼意義？」

「有兩個可能，」阿吉說：「第一個可能，就是他要告訴我們，那個幕後的黑手，很有可能就是鍾馗派的人。而另外一個就是，他要告訴我們，那具屍體裡面，可能裝著鍾馗戲偶，如果是這樣的話……」

「你是說把鍾馗戲偶裝在那具屍體裡面？」曉潔不解地問：「為什麼要這麼做？」

「在民間信仰之中，」阿吉沉著臉說：「鍾馗祖師其實有兩種不同的身分，一個是伏魔聖君，另外一個……就是鬼王。」

曉潔聽了立刻點了點頭，因為這樣的說法的確連她都聽過。

「對我們鍾馗派的人來說，」阿吉說：「鍾馗祖師是至高無上的存在，身分當然是前者，也就是伏魔聖君的角色。鍾馗戲偶就彷彿祖師爺一樣，絕對不能染血。不過相對地，也有個謠傳，就是在我們的口訣之中，其實藏有一些東西，是可以逆天行事的，換句話說就是另外一種的別道。其中關於鍾馗戲偶，有個大忌就是不能沾血，鍾馗戲偶絕對不能碰到血，一旦沾上了血，就必須淨身，在廟裡供奉三年，才能再次使用。這是因為，一旦用了染血的鍾馗戲偶，不管是跳鍾馗，還是用我們任何鍾馗派的口訣，都會有無法挽回的後果，那就是所謂的魔道。在鍾馗傳下口訣的一千多年以來，的確也有些鍾馗派的道士墮入魔道。而在我們的一百零八種靈體之中，特別有一種靈體，就是在說這樣的情況，那就是……人逆魔。修道之人、自甘墮落、步入魔道、逆天而行，即為人逆魔。入此道者，以血偶入戲，躍血舞、步魔道，永無歸正之途，必以滅之。這就是人逆魔一開始的初始口訣。」

聽阿吉一連串解說了那麼多，曉潔一時之間還沒辦法完全吸收，想了一會之後，才有點疑惑地問：「不過不管是哪一個可能性……」

「嗯，」阿吉點了點頭，一臉沉重地說：「不管是哪個可能性，那個幕後黑手，都是我們鍾馗派的人，這……可能就是陳伯真正想要說的。」

聽到阿吉這麼說，曉潔也不知道該怎麼說了，畢竟曉潔真的不了解鍾馗派裡面為什麼會有人跟阿吉有衝突，更想不到那人下手的目標竟然會是阿吉的學生們。

不過曉潔知道一件事情，那就是情況如果真的像陳伯與阿吉所料的那樣，那麼，這絕對不會是一個終點，對方在達到目的之前，絕對不會就此罷休。

阿吉與曉潔沉默以對，但是兩人的腦子裡面，想的都是相同的問題。

對方的目的到底是什麼呢？

阿吉的命？還是……

窗外的風景快速地流瀉，沉默的兩人看著窗外，只剩下難以言喻的不解情緒在心中激盪，卻得不到半點答案。

然而，兩人非常清楚的是，如果不解開這個答案，那麼他們倆，不，是普二甲的所有師生，都將永無安寧之日。

後記

大家好，我是龍雲，非常高興又一次在這邊跟大家見面。

最近因為手機壞掉而換了一支新手機，這支手機也總算是跟上潮流，也就是大家俗稱的智慧型手機。

在這之前，我一直都是用一元手機，也就是被好友戲稱為智障型手機的舊款手機，連拍照的功能都沒有的那種。

想想時代的變遷真的很恐怖，明明六、七年前，大家手上拿著的手機都跟我差不多，誰知道六、七年後的今天，連手機都能拿來打電動了。

電腦從 Dos 到現在的 Windows，從 BBS 變成現在的網路，BB Call 變成了智慧型手機，更別提電動從紅白機一路到現在的 PS4、XB1。

明明大家都沒老得那麼快但是科技的日新月異，實在是讓人覺得恍如隔世。

而就在許許多多的新東西不斷被發明出來的同時，有些東西也正逐漸在消失，就好像在這部小說裡面所提到的跳鍾馗與提線戲偶一樣。

或許隨著時代的變遷，有些東西的消失是難以避免的潮流，但是至少有些東西可以被記錄下來。

而像這樣被小說寫出來，也算是某種程度的紀錄，至少證明了在這個時代之中，這些東西曾經存在過。

這或許也是小說浪漫的地方之一。
最後同樣感謝大家的閱讀與支持，希望大家會喜歡這一次的故事。

龍雲

龍雲作品 03

驅魔教師 03：養屍人

國家圖書館出版品預行編目資料

驅魔教師03：養屍人 ／ 龍雲 著.
一 初版. 一 臺北市：春天出版國際, 2015. 04
面；　公分. 一（龍雲作品；03）
ISBN 978-986-5706-61-6（平裝）
857.7　103016029

ISBN 978-986-5706-61-6
Printed in Taiwan

作者	龍雲
封面繪圖	B.c.N.y.
總編輯	莊宜勳
主編	鍾靈
責任編輯	黃郁潔
美術設計	三石設計
出版者	春天出版國際文化有限公司
地址	台北市信義區信義路四段458號3樓
電話	02-7718-0898
傳真	02-7718-2388
E-mail	story@bookspring.com.tw
網址	http://www.bookspring.com.tw
部落格	http://blog.pixnet.net/bookspring
郵政帳號	19705538
戶名	春天出版國際文化有限公司
法律顧問	蕭顯忠律師事務所
出版日期	二〇一五年四月初版
定價	160元
總經銷	楨德圖書事業有限公司
地址	新北市新店區寶興路45巷6弄6號5樓
電話	02-8919-3186
傳真	02-8914-5524

龍雲
作品

龍雲
作品